모비 딕

모비 딕

초판 1쇄 발행 2020년 2월 24일
초판 4쇄 발행 2024년 1월 15일

지은이 허먼 멜빌
옮긴이 하소연
펴낸이 남기성

펴낸곳 주식회사 자화상
인쇄,제작 데이타링크
출판사등록 신고번호 제 2016-000312호
주소 서울특별시 마포구 월드컵북로 400 서울산업진흥원 201호
대표전화 (070) 7555-9653
이메일 sung0278@naver.com

ISBN 979-11-90298-57-5 03840

모비 딕

허먼 멜빌 지음

하소연 옮김

자화
상

차례

제1장 물보라 여인숙 … 009

제2장 친구 … 033

제3장 바다를 향해! … 051

제4장 에이허브 선장의 분노 … 065

제5장 다섯 유령 … 081

제6장 이상한 광경 … 095

제7장 상어의 습격 … 107

제8장 고래 기름 … 117

제9장 고래 함대 … 129

제10장 용연향 … 143

제11장 새뮤얼 엔더비 호 … 159

제12장 퀴퀘그의 관 ··· 171

세13장 대장장이 ··· 183

제14장 네 가지 예언 ··· 193

제15장 태풍 ··· 205

제16장 피쿼드 호, 레이첼 호를 만나다 ··· 221

제17장 추적을 시작하다! ··· 233

제18장 그리고 둘째 날 ··· 247

제19장 아! 모비 딕 ··· 259

작품 해설 ··· 270

작가 연보 ··· 274

제1장

물보라 여인숙

내 이름은 이스마엘. 앞으로 나를 그렇게 불러주길 바란다.

몇 년 전의 나는 배를 타고서 바다의 세계를 잠시 다녀오기로 마음먹었다. 일자리도 없고 돈까지 떨어진 최악의 상황이었지만, 배를 타겠다고 결심한 진짜 이유는 따로 있었다. 그것은 메마른 대지에서 너무 오랫동안 지냈구나 하는 느낌이 들 때마다 생기는 일종의 병 같은 것이었다.

그 시기에는 하루에도 몇 번씩 마음이 우울해지고는 했다. 그러다가 금세라도 폭발할 것 같은 불안정한 심리 상태가 지속되었다. 길을 걷다가 문득 별다른 이유도 없이 다른 사람의 모자를 계획적으로 빼앗아 던져버리고 싶은 충동 같은 게 일었다. 항상 무언가에 쫓기듯 초조한 기분이었다. 그 무렵 나는 이런 우울한 생각들이 빚어낸 중압감 때문에 적잖이 고통을 받았다. 바다에 대해 조금이라도 알고 있다면 거의 모든 인간은 정도의 차이는 있을망정 언젠가는 나와 꼭 같은 감정을 바다에 대해 품지 않을까.

나는 깊고 푸른 바다를 꿈꾸기 시작했다. 멀고 먼 바다와 거친 해안선을 목표 삼아 모험을 해보고 싶었다. 촛불에 이끌리는 불나비처럼 나는 결국 파도의 유혹에 빠지고 말았다. 더 이상 버틸 힘이 없었다. 차라리 떠날 채비를 하는 편이 나을 것 같았다.

바다는 사람들에게 큰 위안을 선사한다. 한적한 방파제에 서서 드넓은 바다를 깊은 눈빛으로 바라보는 사람들의 뒷모습을 본 적이 있을 것이다. 또 아름다운 풍경이나 그림 속에 등장하는 바다와 강, 그리고 시냇물이 얼마나 큰 생기를 불어넣는지도 느껴 보았을 것이다. 그것은 샘물이 솟아나지 않는 들판이 얼마나 삭막한지를 생각해 보기만 해도 쉽게 알 수 있다.

나에게 바다는 이 세상의 모든 미스터리를 대표하는 것이었다. 바닷속을 눈이 빠지도록 들여다보고 있노라면, 나는 광대한 우주의 움직임을 미세하게나마 느낄 수 있었다. 그때마다 상쾌한 기분을 맛보았다. 삶에 대한 불꽃이 내 핏줄 속에서 다시 고동친다는 것을 느꼈다.

내가 배를 타고 바다로 나가는 일을 즐긴다고 해서, 승객으로 간다고 생각하면 그건 오산이다. 배의 승객이 되려면 무엇보다 두툼한 지갑이 필요하다. 그 속에 넣을 것이 없다면 승객한테는 지갑이 천 조각이나 다를 것이 없다. 이제까지 나한테는 지갑이 필요했던 적이 없다. 더군다나 승객은 밤마다 삐걱대는 침대에서 새우잠을 자야하고, 뱃멀미를 하기도 하며, 각자의 불편함을 떠벌리면서 투덜대기도 한다. 이것이 내가 승객의 자격으로 배를 타고 싶지 않은 이유이다.

그렇다고 선장이나 함대 사령관의 자격으로 항해를 한 적도 없다. 그러한 사람의 리더십과 책임감은 그런 것을 좋아하는 사람에게 맡겨 둔다. 내가 할 수 있는 일이란 병사와 배, 그리고 뱃멀미를 하는 승객들에게 신경을 쓰는 것이 아니라 오직 나 자신을 보살피는 것뿐이다. 그래서 나는 단순히 선원이 되어 바다에 나가는 것이다. 그래서 돛대 바로 앞이나 앞 갑판의 바로 아래 또는 제일 높은 마스트의 꼭대기에 머무른다.

고백하건대, 그런 입장이다 보니 불편한 점도 꽤 있었다. 선장과 동료들이 이런저런 지시를 내릴 때면, 마치 5월 풀밭의 메뚜기처럼 항해 준비를 하느라 이리저리 바쁘게 뛰어다녀야 했다. 이것은 확실히 불쾌한 일이다. 특히 육지의 옛 명문 출신인 밴 렌슬러 집안, 랜돌프 집안, 하디커누투 집안 출신이라면 몹시 자존심이 상할 것이다. 처음에는 이런 분위기가 은근히 자존심을 건드리기도 했지만 얼마 지나지 않아 익숙해졌다. 몇 가지 지시를 따른다고 해서 '나'라는 사람의 가치가 훼손되는 것은 결코 아니었기 때문이다. 오히려 그것이 나를 전보다 더 나은 사람으로 만들어주었을지도 모른다.

대상이 누가 되었건, 그러니까 포악한 선장이든 배의 주인이든 이 세상에 노예 아닌 자가 과연 있을까? 모든 사람은 육체적 또는 정신적인 의미에서 서로가 서로의 노예일 수밖에 없다. 그러니 이 말에 우리 스스로 기분 나빠할 필요는 없다. 나 또한 포악한 선장이 아무리 혹사하거나 괴롭힌다 해도 만족한다.

우리는 살면서 몇 번씩은 돈이 궁해질 때가 있다. 나는 우리가 이런 '보편의 경제적 궁핍'에 대해 서로 그 고통을 나누어 가져야 한다고 생각한다. 그리고 이를 위한 도움의 손길은 서로를 어루만져주려는 노력이자 최대한의 편의가 되어야 한다고 믿는다.

선원 생활을 하다 보면 생각지 못한 좋은 점도 꽤 많다. 예를 들어, 선주는 내 고생에 대한 대가로 꼬박꼬박

임금을 지불한다. 그러나 선주가 승객에게 돈을 단 한 푼이라도 지불했다는 소리는 들어본 적이 없다. 게다가 승객은 돈을 주고 표를 사야만 한다. 나라면 돈을 지불하는 쪽보다는 돈을 받는 쪽을 택할 것이다. '돈은 곧 모든 악의 근원'이라는 종교인들의 말로 미루어볼 때, 얼마나 많은 사람이 나의 선택에 공감할지 자명하다.

좋은 점은 또 있다. 선원이 일하고 잠자는 곳은 배의 앞부분이다. 배의 공기는 이곳이 가장 신선하다. 그러나 승객과 선장이 머무는 공간은 배의 뒷부분에 있으므로, 그들은 늘 중고품처럼 낡은 공기를 들이마셔야 한다. 항해를 마칠 때마다 나는 몸이 더욱 건강하고 튼튼해진 것을 느낄 수 있다. 물론 이것은 배가 파도를 헤치고 나갈 때 들이마신 깨끗한 공기 덕택이다.

바로 이것이 내가 간단히 짐을 꾸려 바다로 나간 이유다. 내 가슴은 넓은 바다 위에서 펼쳐질 새로운 모험에 대한 기대감으로 두근거렸다. 그러나 내가 흥분한 데에는 또 다른 이유가 있었다. 지난 항해 때는 상선을 탔지만, 이번에는 상선을 타지 않기로 결심했기 때문이다. 이번에 나는 현존하는 생물체 가운데 가장 크고 힘이 센 것으로 알려진 동물, 즉 고래를 내 손으로 직접 사냥할 예정이었다.

젊었을 때에는 고래처럼 몸집이 큰 동물을 사냥하는 이유가 분명하게 있었다. 동물의 지방층에서 램프용 기름을 추출하기 위해서였다. 깊고 어두운 바닷속에서 주로 서식하는 향유고래의 기름은 우리 마을의 불을 밝혀 주는 원천이었으며, 다른 부위 또한 쓸모가 다양하여 한 군데도 버릴 것이 없었다.

대부분의 어업 국가에서는 포경용 선단을 특별히 따로 두고 있었는데, 그들 가운데 가장 크고 유명한 선단은 매사추세츠 앞 바다에 있는 낸터킷 섬에서 출항하였다. 이 멋진 고래잡이 '아카데미'가 바로 나의 목적지였다.

나는 왜 고래를 잡기로 마음먹었을까. 사실 그 이유는 나조차도 제대로 설명할 수 없다. 무슨 일을 할 때 뚜렷한 이유를 댈 수 없는 경우가 종종 있는 것처럼. 내가 아는 것이라고는 지난 수개월 동안, 바다를 떠도는 커다란 짐승과 그 짐승이 헤매고 다니는 광대한 세계의 구석구석을 꿈꾸었다는 것이 전부이다. 그 신비로운 짐승뿐만 아니라, 나에겐 이를 쫓는 선원과 배 또한 그에 못지않게 신비한 수수께끼로 다가왔다.

나는 창조의 비밀을 캐내기 위해 심사숙고하는 것이 나의 의무라고 여겨 왔다. 그래서 고래잡이배에 동승하여 그 생활양식과 고통, 행복, 그리고 그들만의 관습을 조사하기로 결심했다.

냅터킷 섬으로 떠나기 바로 전날 밤, 나는 거대한 향유고래 떼가 내 머리 위로 하얗게 거품을 일으키며 나타나 해저의 어둠 속으로 미끄러지듯이 사라지는 꿈을 꾸었다. 녀석들의 우두머리는 몸집이 크고 눈처럼 하얀 고래였는데, 턱이 약간 비뚤어져 있었다. 우두머리의 몸에는 녹이 슨 작살이 구부러진 채 무수히 꽂혀 있었고, 수천 척의 부서진 배에서 떨어져 나온 파편들과 추적용 로프가 칭칭 뒤엉켜 있었다.

나는 고래를 감싸고 있는 바로 그 흰빛에 매혹되었다. 내가 눈을 비비며 이 믿기지 않는 광경을 자세히 보려 하자, 그 녀석은 방향을 바꿔 미끄러지듯 유유히 어둠 속으로 사라졌다. 잠에서 깨자마자 꿈의 의미는 잊혀지고 말았다. 그러나 내 이야기의 훨씬 뒤편에 다다르면⋯⋯.

내가 맨해튼을 떠나 조그만 항구인 뉴베드퍼드에 도착한 것은 12월의 몹시 추운 토요일 밤이었다. 주머니에 돈이 얼마 없었으므로 지체 없이 배를 구해야 했다. 그러나 불행히도 냅터킷으로 가는 조그만 우편선은 이미 한 시간 전에 떠나고 없었다. 이곳에서 월요일 아침까지 기다려야 한다고 생각하니 낙담하지 않을 수 없었다. 뉴베드퍼드에는 거리마다 대서양의 세찬 바람이 몰아쳤다. 게다가 건물마다 기다란 고드름이 달려 있어 분위기가 매우 을씨년스러웠다.

나는 스스로에게 이렇게 말했다.

'그래, 이스마엘. 추위에 덜덜 떠는 것보다는 머리를 대고 편히 누울 곳을 찾는 게 나아. 물론 숙박료가 문제라는 것을 분명히 알아야 하지.'

급조한 나머지 갈고리 닻으로 주머니 속을 뒤져 보니 겨우 은화 몇 개가 걸렸을 뿐이었다. 나는 흩날리는 눈발을 맞으며 꽁꽁 얼어붙은 진흙땅 위를 터벅터벅 걸었다. 얼마쯤 걸었을까. 여관 하나가 나타났다. 문틈으로 여관 안을 들여다보니 형편없는 내 주머니 사정에 비해 너무 화려하고 깔끔했다. 좀 더 걸어가니 다른 여관이 나왔다. 얼얼한 코를 유리창에 가까이 대고 실내 장식을 살펴보았다. 그 여관 역시 돈이 별로 없는 내 처지에서는 과분한 편이었다.

나는 빨갛게 달아오른 난로를 뒤로하고 딸그랑 하며 부딪치는 술잔 소리와 웃음소리를 귓전에서 흩날린 채, 부두를 향해 어둠 속으로 발걸음을 옮겼다. 내가 찾는 곳은 '즐거운' 곳이 아니라 '값이 싼' 곳이었다. 본능적으로 선착장 근처의 여관이 가장 알맞으리라는 느낌이 들었다.

성에가 낀 유리창 사이로 가끔씩 깜박이는 촛불을 제외하고는 길 전체가 새까만 어둠에 싸여 있었다. 그렇게 무거운 발걸음으로 얼마나 걸었을까. 내 머리 위에서 바람에 삐걱대는 어떤 소리가 들렸다. 고개를 들어보니, 낡고 칙칙한 간판 하나가 흔들리고 있었다.

'물보라 여인숙 – 피터 코핀'

여인숙은 허름하기 짝이 없었다. 군데군데 갈라진 벽은 바람에 금방이라도 무너질 것 같았다. 너무 낡아 초라하기 짝이 없는 건물이었다.

'코핀(죽은 사람을 넣는 관)과 고래잡이배라! 두 단어가 붙어 있으니 어쩐지 불길한 느낌이 드는군. 하지만 내 취향에 딱 맞는 곳 같아.'

나는 그렇게 중얼거리며 바깥문을 밀고 들어가 안쪽 문을 열었다. 건물 안으로 이어진 현관은 길쭉한 모양이었다. 벽은 때에 찌들어 시커멓고, 천장은 유난히 낮아 보였다. 음습하고 답답한 분위기가 마치 배 안의 선원 숙소를 연상시킬 정도였다. 또 벽마다 각종 모양의 작살과 쇠꼬챙이, 그리고 등골이 오싹할 만큼 무시무시한 창이 걸려 있었다. 다른 장식품이라고는 커다란 유화 한 점뿐이었는데, 꼭 화가가 진흙으로 짓이겨 놓은 것처럼 칙칙해 보였다.

나는 그림을 찬찬히 살펴보았다. 폭풍우를 만난 화물선을 표현한 그림이었다. 반쯤 물에 잠긴 배는 돛이 갈가리 찢겨진 돛대 세 개만을 해상에 드러낸 채 몸부림치고 있고, 미친 듯 날뛰는 고래는 배 위를 훌쩍 뛰어넘으려고 하는 그림이 그려져 있었다.

나는 좀 더 안으로 들어갔다. 한쪽 구석에는 테이블 틀 모양의 하얀 막대기 두 개가 놓여 있었다. 나는 가까이 다가가서 자세히 살펴보았다. 그것은 역마차라도 지나갈 수 있을 만큼 넓게 벌어진 고래의 턱뼈였다. 그 날카로운 턱뼈 뒤로 드리워진 어둠 속에는 주름이 자글자글한 늙은 바텐더가 꿈지럭대고 있었다. 나중에 안 사실이지만, 그는 한때 '요나'란 이름으로 배를 탔던 사람이었다. 그는 아주 독한 술을 만들어서는 손님들에게 '에일 맥주'라고 이름 붙여 팔고 있었다.

나는 여관 주인을 찾아 빈 방이 있는지 물어보았다.

"어쩌죠? 빈 침대가 없는데요. 도움이 될지는 모르겠습니다만, 작살꾼과 같은 침대를 쓰면 어떤가요? 괜찮겠습니까?"

나는 여관 주인의 말에 숨이 턱 막혔다.

"작살꾼하고요?"

내 물음에 그가 되물었다.

"고래잡이 나갈 예정이시지요?"

나는 고개를 끄덕였다.

"오히려 더 잘 됐군요. 그러면 그런 부류의 사람을 알아 두는 게 최고입니다."

나는 다른 사람과 한 침대에서 자는 것을 결코 좋아하지 않았다. 아마도 여관 주인 코핀은 배를 타 본 경험이 전혀 없는 사람이거나, 선원들이 잠자리에 대해서만큼은 아주 까탈스럽다는 사실을 모르는 사람인 것 같았다. 그러나 겨울바람은 점점 더 거세지고 있었다. 더군다나 낡아서 물이 새는 부츠는 흥건히 젖어 있었고, 하루 종일 걷느라 배도 몹시 고픈 상태였다.

나는 코핀에게 조심스레 물어보았다.

"괜찮은 사람인가요?"

코핀이 한쪽 눈을 찡긋하며 대답했다.

"이 여관에 있는 사람들은 다 괜찮은 사람들입니다."

"그러면 됐습니다. 그 침대를 쓰지요."

"손님이 걱정하시는 불미스러운 일은 없을 겁니다. 저녁 식사는 금방 준비하겠습니다."

그렇게 말하며 그의 얼굴에 야릇한 미소가 흘렀다.

10분 뒤, 나는 식사가 준비되었다는 소리를 듣고 옆방으로 갔다. 그곳에는 뱃사람 대여섯 명이 앉아 있었다. 방 안에는 온기라곤 전혀 없었다. 마치 아이슬란드처럼 추운, 불기라고는 없는 냉골이었다.

그러나 음식은 뜨겁게 데워져 있었다. 양도 푸짐했다. 나는 고기에 감자를 곁들인 접시를 허겁지겁 비운 뒤 팔팔 끓는 뜨거운 홍차를 마셨다. 잠시 뒤 여관 주인이 덤플링(고기에 밀가루를 섞어 만든 것을 찌거나 끓여 넣은 스프 혹은 만두피 안에 사과와 같은 과일 조각을 넣은 푸딩의 일종) 접시를 내왔고, 우리는 두세 숟갈씩 차례대로 떠먹었다. 그러나 다섯 숟갈씩이나 떠먹는 사람도 한 명 있었다.

주인이 "그렇게 많이 먹으면 잠자리가 사납습니다."라고 핀잔을 주자, 나는 그를 불러 귓속말로 물었다.

"혹시 저 사람이 바로 그 작살꾼은 아니겠죠?"

코핀은 내 얼굴을 빤히 쳐다보더니 크게 소리 내어 웃었다.

"아니요. 그 사람은 스테이크 이외에는 먹지 않아요. 그것도 핏물이 뚝뚝 떨어질 정도로 살짝 익힌 것만 좋아하죠."

나는 약간 짜증을 내며 물었다.

"대체 그 사람은 지금 어디 있습니까?"

"곧 돌아올 겁니다."

그는 능글맞은 표정으로 이렇게 말하고는 다시 주방으로 들어갔다.

식사를 끝낸 뒤, 나는 메인 룸에 앉아 오늘 밤 침대를 같이 쓸 친구에 대해 생각했다. 어느새 밤이 깊어 있었다. 나는 이해할 수 없었다. 여관의 벽이 흔들릴 정도로 거센 폭풍우 속에서 그는 뭘 하고 돌아다니는 것일까. 코핀이 방 안으로 성큼 걸어 들어오는 모습이 보였다. 나는 손짓으로 그를 불렀다.

내가 물었다.

"아저씨, 작살꾼은 도대체 어떤 사람이기에 이렇게 험한 날씨에 밖에 나가 한밤중까지 돌아오지 않는 겁니까?"

그가 씩 웃으며 아무렇지도 않은 목소리로 대답했다.

"원래는 일찍 자고 일찍 일어나는 좋은 습관을 가지고 있지요. 그런데 오늘 밤은 머리를 팔러 갔습니다. 이렇게 늦는 걸 보면 자기 머리가 잘 팔리지 않나 봅니다."

나는 속이 부글부글 끓었다.

"머, 머리요? 이보세요, 아저씨. 그런 엉터리 같은 이야기를 하면 어떡합니까? 작살꾼이란 작자가 자기 머리를 팔려고 한다는 게 말이 됩니까?"

"괜히 하는 말이 아닙니다. 시장에 지천으로 널렸어요."

내가 다시 물었다.

"뭐가 지천이란 말입니까?"

그가 다시 싱긋 웃었다.

"머리가 지천이라니까요. 이 세상에 머리가 너무 많단 말이지요."

나는 목소리를 높였다.

"아저씨, 알아듣게 얘기해 줘요. 내가 지금 정확히 알고 싶은 것은 그 작살꾼이 어떤 사람인지, 한 침대에서 같이 자도 되는 사람인지, 혹시라도 내가 위험에 빠지지는 않을지 걱정하는 겁니다. 자꾸 '머리', '머리' 하니까 정말 머리가 지끈거려 돌아버릴 지경입니다."

코핀이 나의 어깨에 한 손을 올리며 말했다.

"진정하세요. 그는 얼마 전에 남태평양의 남양 제도에서 돌아온 뱃사람이에요. 향유로 방부 처리를 한 머리를 골동품이라고 갖고 왔지요. 내일은 일요일이라 사람들이 교회에 갈 테니까 그걸 팔 수 없을 겁니다. 그래서 오늘 밤에 어떻게든 처분하려는 거예요. 지난 일요일에 그 사람이 머리 네 개를 양파처럼 한 줄로 꿰어 갖고 나가기에, 하도 딱해서 내가 그건 별로 좋은 아이디어가 아니라고 얘기해주었거든요."

그제야 나는 그가 말하는 머리의 정체가 무엇인지 알

수 있었다. 그렇다고 내 기분이 좋아졌다는 뜻은 결코 아니다. 여관 주인은 나의 고민이 무엇인지 알아채기라도 한 듯 이렇게 덧붙였다.

"너무 걱정하지 마세요. 침대가 아주 큼지막하거든요. 성인 남자 둘이 뒹굴거리면서 자도 서로에게 폐가 되지 않을 겁니다. 자, 시계를 한번 봐요. 이미 12시가 넘었습니다. 그는 아마 오늘 밤에 어디 다른 곳에서 묵을 겁니다. 어쩌면 당신 혼자 그 방을 독차지할 수도 있어요. 그러니 나를 따라오세요."

나는 곰곰이 생각하다가 주인을 따라 금방이라도 부서질 것 같은 계단을 올라갔다.

그를 따라 들어간 곳은 맨 꼭대기에 자리한 냉기가 도는 작은 방이었다. 침대는 멀찍이 떨어진 벽에 기대 세워져 있었다. 그가 말한 대로 크기가 어마어마한 침대였다. 그는 세면대 겸 화장대로 쓰이는 부서진 선원용 사물함 위에 촛불을 올려놓고 잘 자라는 말을 남긴 채 방을 나갔다.

나는 얼른 방 안부터 둘러보았다. 밖에 나가 아직 돌아오지 않은 머리 파는 남자에 대한 어떤 단서라도 발견할 수 있지 않을까 해서였다. 바닥에는 묵직한 가방이 하나 놓여 있었다. 난로 위에는 낚싯바늘이 몇 개 걸려 있었고, 벽에는 작살이 덩그러니 세워져 있었다. 그런 것들은 생계유지를 위해 고래잡이를 하는 사람에게서 흔히 볼 수 있는 휴대품이었다. 하지만 정작 나를 깜짝 놀라게 한 건 그 사물함 맞은편에 놓여 있는 직사각형의 천 조각이었다.

그 천 조각은 때가 많이 타 있었는데, 소재가 거칠고 축축했다. 언뜻 문 앞에 놓아두는 매트처럼 보이기도 했으나 한가운데에 구멍이 뚫려 있었다. 아무리 생각해도 용도를 알 수 없는 물건이었다.

잠시 방 안을 서성이는 동안, 시계는 새벽 1시를 넘어서고 있었다. 으스스한 한기가 느껴졌다. 작살꾼이 다른 곳에서 묵고 올 것이라는 코핀의 예상이 들어맞은 것 같았다. 나는 옷을 벗고 촛불을 끈 다음, 침대 시트 아래로 몸을 뒤틀어 넣었다. 이런저런 걱정을 하기엔 너무 춥고 피곤했다.

뼛속까지 스민 피로를 떨쳐 내는 데 제법 오랜 시간이 걸렸다. 막 잠이 들려는 순간, 문 밖 복도에서 쿵 하는 소리가 들렸다. 나는 소스라치게 놀라 눈을 떴다. 다시 쿵쿵 하는 소리가 들렸다. 누군가의 발자국 소리였다. 나는 침대 시트 위로 눈만 살짝 내밀었다. 문 아래로 희미한 불빛이 새어 들어왔다.

'머리를 파는 놈이구나!'

나는 마른침을 꿀꺽 삼켰다.

나의 첫 번째 반응은 침대 시트를 머리끝까지 뒤집어 쓰는 것이었다. 얼마나 지났을까. 다시 용기를 내어 침대 시트를 내려보니, 문이 활짝 열려 있는 것이 아닌가! 칠흑 같은 어둠 속에서 촛불 하나만이 꺼질 듯이 깜빡거리고 있었다.

그 사람은 나와 눈이 마주치기도 전에 촛불을 바닥에 내려놓고 열심히 자기 가방을 뒤지고 있었다. 내가 볼 수 있는 것은 단지 그 사람의 희미한 뒷모습과 벽에 어리는 무시무시한 그림자뿐이었다.

내 존재를 드러내기 전에 어렴풋이나마 그의 얼굴을 확인해야겠다고 마음먹은 순간 그가 갑자기 획 돌아서더니 자기 턱 높이까지 촛불을 치켜들었다. 나는 혀가 말려들어갈 만큼 소스라치게 놀라고 말았다.

그의 얼굴은 검붉은 빛이 감도는 누런색이었다. 게다가 시꺼먼 줄이 십자 모양으로 그어져 있었다. 영락없는 악마의 모습이었다. 처음에는 그저 싸우다가 다쳐 생긴 상처이겠거니 하고 여겼다. 여관 주인이 나를 뒷골목의 깡패와 같은 방에 넣었다는 생각에 잠시 화가 치밀기도 했다. 그러다가 남양 군도의 식인종들에게 잡혀 강제로 문신을 새기게 되었다는, 예전에 들었던 어느 고래잡이의 얘기가 떠올랐다. 이 작살꾼도 먼 바다 어딘가에서 그와 똑같은 비운을 겪었던 것일까.

'얼굴에 남아 있는 검붉은 빛이야 뭐, 강렬한 열대의 태양에 오랜 시간 노출되었기 때문일 거야.'

나는 애써 스스로를 달랬다.

같은 침대를 쓰게 될 그 친구는 가방 안에서 큼지막한 토마호크 도끼를 끄집어내었다. 불빛에 날이 번뜩였다.

잠시 뒤, 그는 쓰고 있던 비버 가죽으로 만든 모자를 벗어 침대 끝으로 휙 던져버렸다. 나는 섬뜩한 공포가 발끝에서부터 머리끝까지 엄습하는 것을 느꼈다. 면도칼로 밀었는지 작살꾼의 반들반들한 머리에는 우스꽝스럽게도 머리카락이 한 가닥만 남아 있었다.

악마를 연상케 하는 머리 모양을 한 이 불쌍한 친구가 만약 운이 없어서 식인종에게 납치라도 당했다면, 토마호크 도끼를 가지고 어떻게 탈출할 수 있었을까? 나는 너무나도 두려운 나머지 차마 말문을 열 수가 없었다. 방 한쪽 구석에는 창문이 하나 있었는데, 만약 내가 있던 곳이 2층이 아니었다면 분명 그 창문으로 도망쳤을 것이다.

내가 시트를 덮어쓴 채 벌벌 떨고 있는 동안, 그 귀신 같은 인간은 침대 속으로 뛰어 들어오려는지 옷을 벗기 시작했다. 그가 한 가지씩 옷을 벗을 때마다 더 많은 문신이 드러났다. 그의 피부는 온통 문신투성이였다! 가슴에도 팔에도 등에도, 심지어 다리까지 짙은 문신으로 뒤덮여 있었다.

그제야 모든 게 확실해지는 것 같았다. 그는 어느 식인종 나라에서 보트를 타고 밀항해 온 야만인이었다. 그리고 여기서 작살꾼으로 변장하여 살고 있었던 것이다. 그는 아마도 내다 팔 머리를 좀 더 모으고 있는 중인 듯했다. 저 무시무시한 도끼를 보면…….

그는 도끼의 손잡이 끝을 자기 입술에 댄 채 촛불을 한쪽 끝으로 들어 올리더니 뻐끔뻐끔 담배 연기를 내뿜었다. 그 도끼는 야만인의 담배 파이프처럼 속이 텅 빈 것 같았다. 그는 촛불을 끄고 나서 침대로 뛰어들더니 손으로 침대 시트를 여기저기 더듬었다.

결국 나는 참았던 비명을 내질렀다. 그러자 그가 나를 꽉 움켜잡으며 이상한 어투로 으르렁댔다.

"도대체 웬 놈이냐?"

나는 목청이 터져라 여관 주인을 불렀다.

"아저씨! 밖에 누구 없어요? 나 좀 도와주세요! 나 좀 살려주세요!"

순간 도끼가 번쩍 하면서 허공을 갈랐다. 나는 있는 힘을 다해 문 쪽으로 도망쳤다. 언제 왔는지 코핀이 등불을 들고 문밖에 서 있었다.

그가 웃으며 말했다.

"걱정 마세요. 퀴퀘그는 당신의 머리카락 하나도 건드리지 않을 겁니다. 그건 제가 장담하지요."

나는 버럭 소리를 질렀다.

"그렇게 웃지 마세요! 이런 식인종과 한 방에 집어넣는다고 귀띔이라도 해주었어야지요."

내 말에 코핀이 낄낄 웃으며 말했다.

"저 사람은 섬사람이에요. 그게 전부입니다."

그가 내 어깨 너머로 퀴퀘그를 부르며 말했다.

"이봐, 자네만 괜찮다면 오늘 밤 이분과 같이 묵었으면 하는데, 괜찮겠지?"

퀴퀘그가 못마땅한 말투로 대답했다.

"알았습니다."

그러고는 촛불을 켜고 침대에서 일어나 앉아 토마호크 파이프를 빨았다. 그가 나에게 침대를 가리키며 들어오라는 손짓을 했다.

나는 그를 유심히 관찰했다. 그에게는 어딘가 의연하고 당당한 면이 있었다. 그래서 내가 잠시나마 그를 두려워했다는 사실이 오히려 어리석게 느껴졌다. 그는 더도

덜도 말고 나와 똑같은 사람이었다.

　내가 말했다.

　"아저씨는 이제 가셔도 좋소. 이젠 진짜 잠을 자야 할 시간이네요."

　퀴퀘그는 내가 침대 위로 올라갈 수 있도록 시트를 뒤로 젖히고는 한편으로 물러났다. 나는 촛불을 끄고 늦은 잠을 청했다. 그날 밤처럼 기분 좋게 잔 적은 일찍이 없었다.

제2장

친구

이튿날 아침, 햇살에 눈이 부셔 잠에서 깨어나 보니, 나는 문신이 잔뜩 새겨진 퀴퀘그의 팔뚝에 깔려 침대에서 꼼짝도 할 수 없었다. 하지만 다행스럽게도 잠든 사이 폭행을 당한 흔적은 없었다. 그는 아주 곤히 자고 있었다. 간밤에 몸을 뒤척이다가 자신도 모르는 새 나를 껴안은 것 같았다.

　나는 그의 팔을 치우려고 몸을 뒤틀어보았다. 그런데 무언가가 다리 근처에 걸리적거렸다. 침대 시트를 걷어 제치고 보니 바로 내 옆에 토마호크 도끼가 놓여 있었다.

　나는 소리를 질렀다.

　"퀴퀘그, 제발 일어나서 이 도끼 좀 치워주게!"

　그제야 작살꾼은 눈을 뜨더니 마치 물에서 막 빠져나온 뉴펀들랜드 개처럼 온몸을 부르르 흔들고는 창대처럼 벌떡 일어나 앉았다. 나를 흘끗 쳐다보는 그의 얼굴에는, 도대체 이 낯선 사람과 자기가 같은 방을 쓰게 된 이유가 무엇인지 알 수 없다는 표정이 자리 잡고 있었다.

그는 날이 시퍼렇게 선 토마호크 도끼를 들고 바닥으로 껑충 뛰어내렸다. 그러고는 그것을 배낭에 집어넣고 커다란 비버 모자를 재빨리 머리에 눌러썼다. 잠시 뒤 그는 부츠를 집어 들고 한참을 끙끙댄 뒤에야 간신히 그 안에 발을 밀어 넣었다. 바지와 윗도리는 가장 마지막으로 입었다. 옷을 벗을 때와 반대 순서였다.

그의 행동을 지켜보며 나는 더 이상 놀랄 일이 없을 거라고 생각했다. 하지만 그건 오산이었다. 그가 갑자기 작살을 움켜쥐고 나무 손잡이를 돌려 칼머리를 빼더니 물그릇이 있는 쪽으로 성큼성큼 걸어갔다. 그러고는 뺨에 비누칠을 하더니 날카롭게 날이 선 칼의 머리 부분으로 면도를 하기 시작했다. 그는 면도를 끝낸 뒤 울로 된 무거운 재킷을 입고 작살을 다시 원래대로 끼워 맞춘 다음, 직업 밑천인 그것을 손에 들고는 큰 걸음으로 걸어나갔다.

나는 이 섬사람이 고래잡이용 작살을 들고 어디로 가는지 궁금하기도 하고, 혹시라도 여관 주인에게 무슨 문제가 생기지 않을까 걱정도 되어서 서둘러 옷을 입고 따라 나섰다.

　10분쯤 뒤 내가 히죽거리며 웃는 주인에게 인사를 하고 식당에 들어섰을 때, 퀴퀘그는 한쪽 테이블의 머리맡에 앉아 있었다. 맞은편에 앉은 선원들은 배가 무척 고팠는지 하나같이 게걸스럽게 아침밥을 먹고 있었다.

　그가 작살을 가져온 이유는 식사용 나이프로 사용하기 위해서였다. 나는 그가 작살의 날카로운 날을 이용해 피가 뚝뚝 흐르는 스테이크 조각을 접시에서 집어 올리는 모습을 멍하니 바라보았다. 그는 다른 선원들의 머리 위로 작살을 튀기듯이 움직여 자기 접시에 스테이크를 내려놓았다. 작살은 선원들의 귀와 코를 스칠 정도로 아슬아슬하게 움직였다. 그러나 여유만만하고 능숙한 그의 태도에는 뭐랄까, 왕과 같은 위엄이 깃들어 있었다.

　나는 아침 식사를 마친 뒤 산책을 하러 밖으로 나갔다. 가랑비가 부슬부슬 내리는 뉴베드퍼드는 지난밤과 달라진 게 없었다. 한두 시간 동안 황량한 풍경을 구경하고 나니, 얼음장 같은 바람 때문에 슬슬 한기가 일었다. 그래서 다시 숙소로 발걸음을 옮겼다.

　나는 곧장 휴게실로 들어갔다. 난롯불에 몸이라도 녹일 요량에서였다. 그런데 그곳에 퀴퀘그가 있었다. 그는 테이블 앞에 앉은 채 나무를 깎아 작은 조각품을 만들고 있었는데, 열중하고 있는 모습이 자못 진지해 보였다. 나는 그 작은 조각품이 우상이나 종교적인 물건이 틀림없다고 생각했다. 그래서 그가 조각을 하고 있는 동안 호기심 어린 눈빛으로 지켜보았다.

"지금 뭘 만들고 있죠?"

결국 나는 호기심을 참지 못하고 그에게 물었다. 그는 내 질문에 대답은 하지 않고, 되레 이렇게 물었다.

"오늘 저녁에도 나와 같은 방을 쓸 예정입니까?"

나는 그의 눈을 똑바로 쳐다보며 말했다.

"그러고 싶습니다."

"그럼 이제 우리는 형제입니다."

그는 이렇게 말한 다음 내 머리를 두 손으로 꽉 잡더니 자신의 이마를 나의 머리에 갖다 대었다. 그러고는 도끼 모양의 파이프를 가져왔다. 빗방울이 창문을 두드리는 동안, 우리는 사이좋게 담배를 나눠 피웠다. 담배를 다 피우고 나자 그는 나를 방으로 끌고 갔다. 그리고 난로에 불을 피웠다.

퀴퀘그가 선원용 사물함에서 무언가를 꺼냈다. 간밤에 본 매트처럼 생긴 천이었다. 그는 가운데 난 구멍에 머리를 맞춘 뒤 그것을 뒤집어썼다. 그러자 망토처럼 되었다. 나는 그 모습을 말없이 바라보고만 있었다. 그는 바닥에 가부좌를 틀고 앉은 다음, 주머니에서 건빵을 꺼내어 타오르는 불길에 갖다 대었다.

잠시 후 퀴퀘그는 방금 깎은 나무 조각품을 난롯불 앞에 놓고는 나에게도 이 특별한 의식에 참가하라는 신호를 보냈다. 그리고 살짝 구워진 건빵을 잘게 부수더니 조각품 주위에 뿌렸다. 마치 공양을 올리는 것 같았다. 이 의식이 끝나자, 그는 조각품을 자기 입술에 대고 긴 입맞춤을 한 뒤 나에게로 건넸다.

나는 퀴퀘그의 행동에 내심 당황하고 있었지만, 결코 그의 감정을 상하게 하고 싶지는 않았다. 그래서 기꺼이 나무로 된 조각품을 향해 머리를 숙여 인사하고 그 코에 입맞춤을 했다. 오랜 시간 배를 타고 다니면서 이 세상의 다양성을 배우려고 하는 내가, 육지를 떠나기도 전부터 편협한 마음을 가질 수는 없는 노릇이었다.

나의 새 친구인 퀴퀘그는 '이제 우리가 하나로 합쳐졌으므로' 만약 위험한 상황과 마주친다면 내 목숨을 구하기 위해 기꺼이 죽겠다는 맹세를 했다. 그날 우리는 하루 종일 방 안에 앉아 이런저런 이야기를 나누며 한가로이 시간을 보냈다. 그는 내게 자신의 과거에 대해서도 털어놓았다.

퀴퀘그는 대서양의 결빙 항인 뉴베드퍼드로부터 무려

2만 해리(1해리는 1,852미터)나 떨어진 곳에 위치한 남태평양 열대 섬 '코코보코'에서 태어났다. 위엄 있는 태도에서 짐작했듯이, 그의 아버지는 코코보코 섬의 대추장, 다시 말해 왕이었고 숙부는 대제관(大祭官)이었다. 젊은 시절에 그는 사방이 바다로 둘러싸인 푸른 숲의 섬보다는 넓디넓은 바다를 구경하고 싶은 꿈에 늘 부풀어 있었다.

그러던 어느 날, 고래잡이배 한 척이 부서진 곳을 수리하기 위해 그 섬에 도착했다. 그는 당장 그 배의 선장에게 달려가 자신도 선원이 되게 해 달라고 간청했다. 그러나 선장은 선원의 숫자가 이미 꽉 찼다는 이유로 그의 청을 거절했다. 그러나 퀴퀘그는 낙담하지 않고 카누를 저어 바다로 나가 맹그로브 나무가 빽빽이 들어선 늪 근처에 몸을 숨겼다. 그곳은 고래잡이배가 섬을 떠나려면 반드시 지나야 하는 지점이었다. 예상대로 고래잡이배가 미끄러지듯이 다가오자, 퀴퀘그는 얼른 카누를 그 옆에 바짝 대고 체인을 던져 올렸다. 그는 갑판 위로 올라가자마자 나무 바닥의 쇠고리를 움켜잡고는 절대 물러서지 않겠다고 소리를 질렀다. 선장이 날이 위로 휘어진 단도를 꺼내 퀴퀘그의 손목에 대고 위협했지만 그는 눈 하나 깜짝하지 않았다.

결국 선장은 퀴퀘그가 일반 선원으로 일한다는 조건

을 수락한다면 받아 주겠다고 하면서 한발 물러섰다. 퀴케그는 추장의 아들이란 신분에 개의치 않고 선장의 조건을 기쁘게 받아들였다.

그는 그 이유를 이렇게 설명했다.

"나는 우리 부족이 보다 편안한 삶을 사는 데 필요한 기술과 지식을 다른 부족들에게서 배우고 싶었습니다."

퀴케그는 자기가 만난 서양 선원들이 타고 있던 배의 크기와 화려한 장식을 보고 그들이 자기 부족 사람들보다 더 우월한 생활을 하고 있다고 믿었다. 그러나 고래잡이배를 탄 지 한두 해가 지나자, 자기 부족 사람들이 다른 부족 사람들만큼 행복하다는 사실을 깨닫고 나서는 그러한 인식을 버리게 되었다.

그가 나에게 말했다.

"하지만 고향으로 돌아가 추장이 되기에는 아직 이릅니다. 나는 바다에서 많은 것을 경험하고 싶습니다."

내가 물었다.

"그렇다면 다시 고래잡이를 나가려고 하는 거군요? 내가 이곳에 온 이유도 바로 그겁니다. 나는 곧 낸터킷으로 가서 배를 찾아볼 생각이에요."

퀴케그는 내 말이 끝나자마자 가방을 뒤지더니 담배 쌈지를 꺼내어 그 안에 든 한 웅큼의 은화를 바닥에 쏟아내었다. 세어보니 모두 30달러였다. 그는 자랑스러운 표정으로 바닥에 놓인 돈을 둘로 나눈 뒤 그중 한 무더기를 내 쪽으로 밀었다.

나는 극구 사양했다.

"퀴퀘그, 이 돈은 절대 받을 수 없습니다."

퀴퀘그는 내 말에 아랑곳하지 않고, 그 동전들을 내 셔츠 주머니에 넣고는 악수를 청했다. 그리고 좀 전과 똑같은 말을 또 한 번 되뇌었다.

"우리는 형제입니다. 죽는 그 순간까지."

다음 날 아침, 우리는 숙박료를 지불하고 낸터킷행 정기선을 타기 위해 함께 출발했다.

낸터킷은 매사추세츠 본토로부터 약 50킬로미터 떨어져 있었다. 거센 폭풍우가 자주 휘몰아치는 작은 섬으로, 수많은 돛단배들이 언제나 장사진을 치는 곳이었다. 미국 포경업의 심장부이며, 그곳에 정착한 용감한 퀘이커 교도들은 오직 바다 일로 생계를 꾸려 갔다. 사실 퀘이커교를 믿는 선원들은 자기 집에서 보내는 시간보다 바다에서 보내는 시간이 훨씬 많았다.

고래잡이 항해는 보통 3년 동안 계속되는데, 때로는 4년이 걸리는 경우도 있다. 그나마 3, 4년 만에 육지에 발을 디디는 선원은 아주 운이 좋은 축에 속한다. 고래잡이 선원들은 필요한 물건이 있으면 모두 선창에 가져다 놓는다. 식량과 식수는 통에 넣고 봉인해 둔다.

우리의 정기선 여행길은 다소 험했지만 새로운 세계에 대한 흥분을 불러일으키기에는 충분했다. 피터 코핀에게서 추천을 받은 여관 안으로 들어갔을 때는 사람들이 이미 저녁 식사를 하는 중이었다. 우리는 바다 냄새를 물씬 풍기는 대합조개 수프를 각자 세 그릇씩이나 비운 다음, 곧장 방으로 올라가 깊은 잠에 빠져 들었다.

다음 날 아침, 퀴퀘그가 느닷없이 말했다.

"우리가 탈 배는 당신이 직접 선택해야 한다고 요조가 말했습니다."

나는 놀란 표정으로 그의 얼굴을 빤히 쳐다보았다. '요조'는 나무로 된 우상의 이름이었다. 나는 고개를 설레설레 흔들었다.

"난 고래잡이배에 대해서 아는 게 아무것도 없습니다."

그러자 그가 말했다.

"당신은 옳은 선택을 할 겁니다."

내가 아무리 설득을 해도 소용없었다. 요조가 이미 결정을 한 상태였으므로, 나는 그의 말에 따라야 했다. 나는 하는 수 없이 밖으로 나가 적당한 배를 찾아다녔다.

그러나 내가 몇 시간을 돌아다니며 알게 된 것이라고

는 늙은 선원들이 잡담을 좋아한다는 사실뿐이었다. 그렇게 한참 동안 발품을 팔다가 흔들의자에 앉아 잠시 쉬고 있을 때, 늙은 선원에게서 피쿼드란 배에서 3년 동안 항해할 선원을 모집하고 있다는 정보를 들었다.

선착장 아래로 내려가 그 배를 보고 나는 깜짝 놀랐다. 적어도 30년은 더 돼 보이는 낡은 배였기 때문이다. 선체는 수천 차례의 항해를 하는 동안 강풍과 뙤약볕에 시달려 야들야들해져 있었다. 돛대는 일본 근처에서 만난 태풍으로 떨어져 나가 소금처럼 하얀 나무로 교체된 상태였다.

배의 양 측면에 있는 난간 가장자리에는 향유고래의 이빨들이 밧줄에 엮인 채 15센티미터가 넘게 이음줄처럼 고정되어 있었다. 그 모습은 마치 거대한 고래의 벌어진 턱뼈를 연상케 했다. 눈에 보이는 곳은 모두 피쿼드의 사냥감으로부터 나온 상앗빛 뼈들로 장식되어 있었으며, 키의 손잡이 부분은 아예 고래턱뼈가 통째로 붙어 있었다.

내가 이 이상하게 생긴 배를 넋 놓고 바라보고 있을 때 등 뒤에서 발자국 소리가 들렸다.

"이곳에서 무슨 일로 왔소?"

구릿빛 피부에 반백의 머리를 한, 제법 나이가 들어 보이는 사내였다. 그는 선장의 제복을 입고 있었다. 나는 자신감 넘치는 목소리로 그에게 말했다.

"제가 여기에 온 이유는 고래잡이 항해에 지원하기 위해서입니다. 고래잡이를 하는 동안 세상 구경도 하고 싶고요."

그러자 그의 두 눈이 반짝거렸다.

"고래잡이에 대해서 아는 게 있나?"

"없습니다, 선장님."

그가 그럴 줄 알았다는 듯이 미소를 씩 지었다.

"하지만 배울 자신이 있습니다."

그가 넌지시 물었다.

"에이허브 선장을 만난 적이 있나?"

"그분이 누구시죠?"

"거봐, 그럴 줄 알았어. 그야 이 배의 선장이지."

"아, 그렇군요. 저는 선장과 이야기하고 있는 줄 알았습니다."

그가 강한 어조로 말했다.

"아니야, 난 필레그 선장일세. 지금은 피쿼드호의 공동 소유주로 다음번 항해에 필요한 준비를 맡고 있지. 이 배의 선장은 에이허브야. 에이허브 선장은 지난 항해에서 한쪽 다리를 잃었네. 그 사실만으로도 자네는 고래잡이가 어떤 일인지 대충 짐작할 수 있을 걸세."

내가 기어들어가는 목소리로 물어보았다.

"고래 때문에 실종된 사람도 있었습니까?"

그가 버럭 소리를 질렀다.

"실종? 실종된 사람은 없었어. 실종된 게 아니었으니까. 분수처럼 물을 내뿜는 고래들 중에 가장 무시무시한 그놈에게 걸린 사람은 통째로 씹어 먹혀 몸이 산산조각 났으니까 말이야. 전에 배를 타 본 경험이 있는가?"

"상선을 네 번 탔습니다."

그가 영 미덥지 못하다는 듯한 표정으로 나를 바라보았다.

"이봐, 상선 근무 경력이라는 말은 하지도 말게. 상선이야 그저 항구에서 항구로 돌아다니는 거지, 뭍에서 벗어나 망망대해로 나가는 게 아니잖나? 고래잡이배를 타면 3년 동안 완전히 뭍에서 멀어지는 거야. 그리고 뭍에 발도 대지 못한 채 지구를 10바퀴나 돌 수도 있어."

"잘 알고 있습니다. 그래서 제가 세계를 구경하고 싶다고 말씀드리지 않았습니까?"

그는 비바람에 마디가 굵어진 손을 흔들었다. 앞으로 오라는 신호였다.

"우현(뱃머리에서 바라본 배의 오른쪽 가장자리)으로 와서 지금 자네 눈에 보이는 것이 뭔지 말해보게."

나는 필레그 선장이 나를 놀리고 있는 게 아닌지 의심스러웠지만, 우선 그의 말에 따르기로 했다. 배는 공해를 향해 있었다.

나는 저 멀리 길게 그어진 수평선과 바다를 가로질러 끊임없이 출렁이며 사라지는 파도 더미를 유심히 바라보았다. 그러다 그가 부르는 소리를 듣고 뒤로 돌아서서 대답했다.

"물 말고는 아무것도 보이지 않습니다."

그가 코웃음을 치며 말했다.

"그렇지. 지금 자네가 본 것이 바로 이 세계일세."

나는 그의 놀림에 약이 바짝 올라 소리 높여 말했다.

"그래도 고래잡이를 하러 가고 싶습니다."

그러자 필레그 선장의 눈빛이 점점 누그러지기 시작했다. 아마도 나의 확고부동한 결심에 자못 놀라거나 감명을 받은 것 같았다.

"정말인가?"

"그렇습니다. 저와 함께 배를 탈 아주 훌륭한 작살꾼도 있습니다."

그가 손바닥을 마주치며 환호성을 내질렀다.

"아주 대단하군. 내일 다시 오게. 그러면 자네를 고용하도록 하겠네. 임금 문제에 대해서도 그때 상의하도록 하세."

고래잡이 선원의 임금은 그 항해에서 나오는 최종 수익의 일부로 대신한다는 퀴퀘그의 말이 생각났다.

나는 선장에게 고맙다는 인사를 하고 서둘러 트랩을 뛰어내려왔다. 이 기쁜 소식을 어서 빨리 친구에게 전하고 싶었다. 그러나 선창에 도착한 순간, 나는 선원이 배를 탈 때 자기가 탈 배의 선장에 대해 사전에 알아보는 것이 관례라는 말을 떠올렸다. 수개월 혹은 수년 동안 외로운 바다에서 상관으로 받들 사람에 대해 조금이라도 알아두는 것은 그야말로 중요한 일이었다.

나는 다시 트랩에 올라 필레그 선장을 찾았다.

"선장님, 아무리 생각해도 제가 직접 에이허브 선장님을 뵈어야겠습니다."

그가 커다란 손으로 내 어깨를 두드리며 대답했다.

"굳이 그러지 않아도 되네. 사실 에이허브 선장은 몸이 좋지 않아서 집 안에 틀어박혀 있다네. 하지만 출항하는 날까지는 괜찮아질 거야. 너무 겁먹을 필요 없어."

"그분은 어떤 사람입니까?"

내 물음에 필레그 선장이 대답했다.

"대단한 사람이지. 정말 특별한 사람이기도 하고, 대학도 다녔고, 식인종들과 생활하기도 했어. 보통 사람들이

상상할 수 없는 것 이상의 불가사의한 경험을 하기도 했고, 이 근처의 섬에서는 가장 훌륭한 작살꾼이자 일등 선장이지. 다리를 잃은 다음부터 다소 거칠게 변하기는 했지만, 일단 항해를 시작하면 이내 평정심을 되찾고 일에만 몰두하지. 자네가 그의 난폭한 성격이 마음에 걸린다면, 그가 다리를 잃을 때 겪었을 공포를 생각해보게나. 자네가 그 사람이라면 그렇게 난폭해지지 않을 자신이 있는지 스스로에게 물어보란 말일세."

나는 서둘러 여관으로 돌아왔다. 그러나 필레그 선장의 말이 계속 귓전에 맴돌았다.

제3장

바다를 향해!

이튿날 아침인 월요일, 향을 뿌린 두개골을 가발 받침대로 이발소에 팔아버린 후 나는 나 자신과 친구의 숙박비를 친구가 준 돈으로 계산했다. 히죽히죽 웃던 여인숙 주인도, 숙박객들도 나와 퀴퀘그 사이에 생겨난 갑작스러운 우정을 보고 놀라움을 금치 못하면서도 재미있어 하는 듯했다. 여인숙 주인의 황당무계한 이야기로 매우 혼이 났던 내가 바로 그 당사자와 다정해졌으니 놀라는 것도 무리는 아니었다.

　그날 이후, 퀴퀘그와 나는 꼬박 이틀을 방 안에서 어영부영 먹고 자며 보냈다. 일단 배를 타면, 적어도 3년 동안은 푹신한 베개나 맛있는 점심은 꿈도 꿀 수 없을 것이었다. 그래서 더더욱 안락한 시간을 즐기고 싶었다.

　우리가 달콤한 휴식을 취하고 있는 동안, 피쿼드호는

항해에 필요한 짐을 짐칸에 싣는 상인들과 짐꾼들로 북적였다. 낡은 돛이 수선되었을 뿐만 아니라, 일꾼들은 돛대에 새 돛을 달고 삭구(배에서 쓰는 밧줄이나 쇠사슬 등을 통틀어 일컫는 말) 자리에는 새 로프 뭉치를 걸었다. 목재와 각종 연장, 그리고 앞뒤가 뾰족하고 몸체가 가느다란 고래잡이용 보트에 꼭 필요하다고 생각되는 부품들은 모두 한쪽에 따로 놓아두었다. 또 다른 배들과 마찬가지로 서너 척의 보트를 갑판에 묶어 고정시켰다. 그 위에는 천과 기름 따위의 각종 잡동사니들을 수북이 쌓았으며, 마지막으로 말린 소고기와 비스킷, 빵, 물, 럼주 등의 식량을 통으로 들여놓았다.

고백하건대, 나는 낯익은 항구에 들러 보지도 못하고 3년이란 세월을 바다에서만 보낼지도 모른다는 사실에 적잖이 신경이 쓰였다. 1,000여 일 동안 파도에 흔들리며 살다가 육지에 발을 디디는 기분은 과연 어떨까? 피쿼드호가 그토록 많은 짐을 싣는 이유는 바로 삭막한 바다 위에서 완전히 자급자족하지 않으면 안 되기 때문이겠지.

나는 혹시라도 에이허브 선장을 만날 수 있지 않을까 하는 생각에 이따금 갑판을 어슬렁거렸다. 그러나 사람들에게 선장에 대해 물어볼 때마다 돌아오는 대답은 그가 곧 승선하리란 말뿐이었다.

사흘째 되는 날, 동이 트자마자 모든 선원들은 갑판으로 집결하라는 지시가 떨어졌다. 나는 마침내 출항할 때가 되었다는 사실을 직감했다.

일찌감치 채비를 마친 퀴퀘그와 나는 어깨에 선원용 배낭을 메고 서둘러 선창으로 달려갔다. 안개가 자욱하고 바람이 매서운 날이었다. 우리가 상자 더미에서 돌아서는 순간, 대여섯 명의 사내들이 짙은 안개를 헤치며 우리 앞을 지나가는 것이 보였다. 그러나 어스레한 빛 때문에 그들의 얼굴을 분간할 수는 없었다. 그들이 입고 있는 옷과 쓰고 있는 모자는 하나같이 이상야릇한 모양이었다. 어느새 그들은 피쿼드호 쪽으로 사라지고 없었다. 모든 게 비현실적으로 느껴졌다. 나는 내가 아직도 꿈을 꾸고 있는 게 아닌가 하는 생각이 들었다.

선원용 숙소인 갑판 앞쪽의 선실에 짐을 넣고 나자 해가 뜨기 시작했다. 배의 갑판은 장정들로 넘쳐나고 있었다. 그날 오후 필레그 선장이 배에 올라 우리에게 닻줄을 모두 풀라고 명령했다. 그러고는 우리를 훤히 트인 바다 쪽으로 안내했다.

나는 옆으로 지나가는 중국인 선원을 붙잡고 물어보았다.

"우리 선장님은 어디 계십니까?"

그가 대답했다.

"선장실에 계시던데요. 아마도 공기가 너무 차서 이리로 올라오지 못하시나 봅니다."

해가 점점 높이 뜨고 있었지만 공기 중에는 따스한 기운이 전혀 감돌지 않았다. 뱃머리가 바다의 커다란 파도를 향해 돌진하는 순간, 얼굴에 튄 물방울은 마치 작은 얼음 알갱이라도 되는 것처럼 차가웠다.

필레그 선장은 선원들한테 세 번의 갈채를 받은 뒤에야 자신을 해변으로 태우고 갈 작은 배로 내려갔다. 그가 떠나자 우리를 태운 배는 남쪽의 광활한 대서양을 향해 움직이기 시작했다. 내가 고래잡이배 피쿼드호를 타고 항해를 시작한 그날은 바로 크리스마스였다. 짧은 북극의 해가 밤과 뒤섞일 무렵에 배가 어느 틈에 겨울 바다로 나오자 그 차디찬 물보라가 배를 얼어붙게 하여 번쩍이는 갑옷을 입은 것처럼 보였다. 뱃전에 늘어놓은 고래 이빨은 달빛 아래 빛났고 이물에 매달린 크고 휘어진 고드름은 거대한 코끼리 이빨처럼 교교했다.

우리는 일주일 동안 북대서양의 사나운 날씨에 이리저리 치이다가 동상까지 걸렸다. 다행히 지금은 따뜻한 열대 지방으로 서서히 다가오고 있었다. 처음에는 온몸을 재킷으로 감싸고 발에는 두꺼운 모카신을 신은 채 일을 했다. 하지만 바다가 짙은 사파이어 빛으로 변하고 해가 하늘에 떠 있는 시간이 날마다 조금씩 길어지자, 이내 반소매 차림에 맨발로 다니기 시작했다. 내가 피쿼드호처럼 훌륭한 배를 타고 강인한 선원들과 함께 다시 바다로 돌아온 것은 정말 잘한 일이었다.

피쿼드호의 일등항해사는 스타벅이란 사람이었는데, 올해 서른 살로 낸터킷 출신이고 키가 큰 인물이었다. 한랭한 해안에서 자랐음에도 불구하고 살갗은 두 번 구운 비스킷처럼 단단해서 열대에도 적합한 사람으로 보였다. 그는 용감하고 빈틈없는 작살꾼으로도 유명했다.

스타벅이 우리 모두에게 공표했다.

"고래를 두려워하지 않는 놈은 내 배에 태우지 않는다."

스타벅은 이성적인 사람이었다. 그는 자신이나 부하 선원이 목숨을 걸고 필요 이상으로 덤벼드는 것을 좋아하지 않았다. 대를 이어내려온 이 위험천만한 직업 때문에 이미 자신의 아버지와 형제를 잃은 경험이 있기 때문이었다. 비록 그것이 아니라 해도 그는 자신이 믿는 퀘이커교의 교리대로 행동하며 선장과 부하를 두루 보살피는 속 깊은 사람이었다.

이등항해사는 케이프코드 출신으로, 성격이 단순하고

낙천적인 스텁이란 사람이었다. 그는 수많은 고래와 사투를 벌이면서도 침착하고 안정된 자세를 잃는 법이 없었다. 대다수 선원이 공포로 몸을 부들부들 떠는 긴박한 상황에서도, 그는 한 손으로 파이프를 뻐끔뻐끔 빨아 대면서 다른 한 손으로는 작살을 던질 준비를 하곤 했다.

삼등 항해사는 플래스크였다. 그는 낸터킷 남부의 또다른 고래잡이 섬인 마서스 비니어드에서 온 사람이었다. 키가 작고 순박한 편이었지만, 용감하기로는 다른 사람들 못지않았다. 고래를 보기만 하면 미친 듯이 덤벼들었다.

사람들에게 추대된 이 세 사람에게는 각각 독립된 보트에 대한 지휘권이 주어졌으며, 노를 젓는 선원 네 명과 뱃머리에서 작살을 던지는 작살꾼 한 명이 배당되었다. 작살꾼들은 고래잡이배에서 아주 중요한 역할을 담당하였다. 그들은 고래잡이를 위해 특별히 선발된 정예 요원이자 그 어떤 상황에서도 두려움을 모르는 숙련된 사냥꾼이었다. 이를 확인시켜주듯, 그들의 지위도 일반 선원들보다는 훨씬 높았다.

내 친구인 퀴퀘그 이외에도 작살꾼으로 태슈테고와 대구가 있었다. 태슈테고는 아메리카 인디언이었는데, 새까만 머리카락이 어깨까지 치렁치렁 늘어져 있었고 얼굴에는 광대뼈가 유난히 튀어나와 있었다. 그의 조상들은 야생의 아메리카 숲속에서 활을 쏘며 사냥을 하던 사람들이었다. 대구는 사자처럼 용맹하고 힘이 센 아프리카 출신의 청년이었다. 맨발로 똑바로 섰을 때 키가 무려 195센티미터나 되었다.

다른 선원들 역시 세계 여러 나라에서 온 다양한 인종의 사람들이었다. 고래잡이가 국제적인 사업이었으므로, 피쿼드호에는 세계 각지에서 뽑혀 온 사람들이 탈 수밖에 없었다. 그들 모두가 기필코 얻으려는 것은, 바로 향유였다.

항해를 시작한 지 일주일이 지났지만, 선장에게서는 아무런 전언이 없었다. 항해사들은 정해진 고래잡이 구역을 향해 조심스레 배를 모는 데만 전념하였다.

배가 탐사 위치에 도착할 때까지 선장이 자기 방에 틀어박혀 지내는 것은 흔한 일이었다. 그런데도 나는 도무지 정체를 알 수 없는 에이허브 선장과 그의 잃어버린 한쪽 다리에 대한 호기심을 감출 수가 없었다. 나는 어떻게든 그를 만나보고 싶었다.

그래서 당직을 마치고 나서 갑판 위로 오를 때마다 상관이나 배의 키를 조정하는 사람만이 이용할 수 있는 선미(배의 뒷부분)에 선장이 나와 있지나 않은지 살피기 위해 뒤를 돌아보곤 했다. 선장에 대한 막연한 불안감이 극도로 커져 거의 미칠 듯한 지경에 이르렀기 때문이었다.

어느 날 아침, 계단을 오르는 나의 등 뒤로 무언가 쭈뼛하는 기분이 들었다. 고개를 돌려 보니 에이허브 선장이 바로 내 뒤에 서 있었다.

첫눈에 쇠처럼 다부진 사람이란 느낌이 들었다. 키가 훤칠했으며 나이는 예순 살 정도 되어 보였다. 열대의 뙤약볕에 그을려 구릿빛이 감도는 피부는 가죽처럼 뻣뻣했다.

그러나 내가 그를 철인이라고 생각한 진짜 이유는 그의 곧은 자세와 결단력 있는 태도 때문이었다. 나는 이제까지 그 어떤 사람의 얼굴에서도 그보다 더 강한 의지와 결의에 찬 표정을 본 적이 없었다. 이렇게 자신만만한 바다의 제왕과 이야기를 나누기보다는 차라리 하얗게 눈이 덮인 산꼭대기에 대고 말을 하는 편이 훨씬 나을 것 같다는 생각이 들었다.

그는 이글거리는 눈길로 한번 쓰윽 쳐다보더니 다시 바다 쪽으로 시선을 돌렸다. 그는 마치 파도의 지배자처럼 보였다. 그의 얼굴에는 은빛 상처라고나 할까, 무엇엔가 찢긴 자국이 선명하게 나 있었다. 반백의 머리카락 사이로 드러난 자국은 햇볕에 그을린 얼굴을 마치 뱀처럼 꿈틀거리며 지나 목 아래의 깃 속으로 숨어들었다.

이 기괴한 모양의 자국을 두고 사람들은 말이 많았다. 어떤 사람들은 에이허브가 오래된 떡갈나무처럼 벼락을 맞아 영원히 지울 수 없는 상처를 입었다고 했고, 또 어떤 사람들은 그것이 태어날 때 생긴 불길한 반점으로 정수리에서 발바닥까지 이어져 있다는 말을 하기도 했다.

나는 특이한 그의 외모에 정신이 팔린 나머지, 그가 하얀 인조 다리에 몸을 의지하고 있다는 사실을 미처 눈치채지 못했다. 그것은 거대한 바다짐승의 턱뼈를 잘라 만든 의족, 아니 정확히 말해 향유고래의 턱뼈를 갈아서 만든 것이었다.

뒤쪽 갑판 양쪽에는 목수가 송곳으로 뚫은 지름 1센티미터가량의 구멍이 판자 위에 있었다. 그는 뼈다리를 거기에 꽂고, 한 팔을 쳐들어 돛 줄을 잡고 똑바로 서서, 끊임없이 기우는 뱃머리 너머로 먼 곳을 똑바로 보고 있었다. 사나운 날씨에도 몸이 균형을 잘 유지하고 있는 것을 보면, 에이허브 선장의 하얀 의족 끝이 그 구멍에 잘 들어맞는 모양이었다.

고래 뼈로 만든 그의 의족은 다소 볼썽사나웠다. 그는 그것을 볼 때마다 자신에게 해를 입힌 자를 끊임없이 떠올리는 것 같았다. 그는 꽤 고통스러워 보였다. 몸을 움직일 때마다 얼굴을 잔뜩 찡그렸다. 그러면서도 무정한 눈에는 어떤 슬픔의 흔적, 즉 자신이 가장 사랑하는 대상을 잃었음에도 한사코 위로를 거부하는 사람의 애처로움 같은 것이 엿보였다.

나는 속으로 생각했다.

'그래, 우선 선장은 이런 사람이다. 수많은 사연이 하나로 품고 있는……'

배가 열대 지방에 가까이 다가갈수록 에이허브 선장이 뒤편의 갑판에 서서 밖을 내다보는 일도 더 잦아졌다. 물론 표정에는 변함이 없었다. 단호한 결심에 한 치의 흔들림도 비치지 않았다. 그런데 시간이 지날수록 왠지 모르게 실망한 기색이 어리는 듯했다.

오래지 않아 나는 그가 배 안의 곳곳을 유령처럼 샅샅이 헤매고 다닌다는 사실을 알았다. 한밤중에도 고래 뼈로 만든 그의 의족이 배 안 여기저기에서 삐걱거렸기 때문이다. 선원들은 그가 잠을 자기 위해 눈을 붙이는 법이 없다고 수군대기 시작했다. 그러다 선원 중 한 명인 스튜어드가 이런 말을 하였다. 선장이 하루 종일 배 안을 돌아다니다가 으슥한 방에 들어갈 때가 있는데, 가만히 귀를 기울여 보면 그 안에서 뭐라고 혼자 중얼거리는 소리가 들린다는 것이었다. 이런 소문이 사실이든 아니든, 그가 몹시 불안한 상태라는 점만은 분명한 듯했다.

그러던 어느 날 아침, 갑판에 서서 수평선을 바라보던 에이허브 선장이 나를 불러 말했다.

"내 방에서 의자와 담배 파이프를 갖다 주게."

나는 그것들을 가져다가 건네주고는 급히 몸을 돌려 계단을 내려갔다. 바로 그때, 그가 갑자기 뭐라고 투덜대기 시작했다. 나는 걸음을 멈추고 뒤를 돌아보았다.

"이게 뭐야? 담배를 피워도 마음이 가라앉지 않잖아."

그는 담배 파이프를 빤히 쳐다보며 그렇게 중얼거리더니 대뜸 그것을 파도 속으로 던져버렸다. 파이프는 치지직 하는 소리를 내며 거품을 일으키고는 이내 바다 속으로 가라앉았다.

그가 그르렁대며 말했다.

"파이프 담배를 피우려면 무엇보다 마음이 편안하고 행복해야 돼. 일과를 마친 뒤, 조금 뒤에 있을 밤의 휴식을 위해 난롯불 옆 안락의자에 앉아서라면 금상첨화겠지. 그런데 그런 평온은 나 같은 사람에겐 아무래도 무리야. 이봐, 난 이제 다시는 담배를 피우지 않을 걸세."

그러더니 나를 향해 어서 가 보라는 손짓을 했다.

시간이 지나자, 피쿼드호를 탄 사람들은 누구나 선장이 신경과민에다가 늘 초조한 기색이라는 사실을 깨닫게 되었다. 그 때문에 사람들은 이번 항해의 성공 여부에 대한 불안한 감정을 떨칠 수가 없었다. 우리는 언제 폭발할지 모르는 화산을 등에 지고 갑판 생활을 하는 것이나 마찬가지였다. 선원들은 누구나 그의 광기를 두려워했다. 그의 마음속에 들어 있는 불길이 무엇이든 간에 언젠가는 밖으로 표출될 것이 분명했기 때문이다. 그러나 그 불길이 막상 터졌을 때, 그것이 얼마나 끔찍할지는 아무도 모르고 있었다.

제4장

에이허브 선장의 분노

어느 날 오후, 에이허브 선장은 한동안 바다를 응시하다가 스타벅을 불러 이렇게 말했다.

"모두 갑판에 집합시키게."

전에 없이 부드러운 목소리였다.

일등항해사 스타벅은 놀란 표정으로 눈만 끔벅거렸다. 혹시 잘못 들은 건 아닌가 싶을 만큼 낯선 목소리였기 때문이다. 스타벅이 우물쭈물하고 있자, 에이허브 선장은 같은 명령을 다시 한 번 내렸다.

그제야 스타벅이 큰 소리로 외쳤다.

"선원들은 모두 갑판 가운데로 집합하라."

생각지 못한 집합 명령에 당황한 선원들이 배 안 구석구석에서 뛰어나왔다. 하나같이 의아한 표정들이었다. 배가 침몰하고 있다거나, 다른 위험이 닥친 것은 아닌지

염려하는 빛이 역력했다. 우리가 반원 모양으로 빙 둘러 서자, 에이허브 선장은 입을 꾹 다문 채 잠시 우리 앞을 천천히 오갔다.

그가 갑자기 쇳소리를 내며 말문을 열었다.

"고래를 발견하면 자네들은 어떻게 할 텐가?"

선원들은 일제히 큰 소리로 대답했다.

"신호를 외칩니다."

에이허브 선장이 쩌렁쩌렁한 목소리로 말했다.

"좋아!"

나는 그의 목소리를 듣는 순간 벅찬 감격을 느꼈다. 그건 거기 모인 다른 사람들도 마찬가지였다. 우리 모두 그가 할 다음 얘기에 귀를 기울이느라 서로를 밀치며 조금씩 앞으로 나아갔다.

그는 번쩍이는 눈빛으로 다시 소리를 질렀다.

"그러곤 어떻게 할 텐가?"

우리가 대답했다.

"보트를 내려서 쫓아갑니다."

"어떤 상태까지 보트를 저어가겠는가?"

"고래를 죽이든가 보트에 구멍이 뚫리든가죠."

"노를 저으며 뭐라고 소리칠 텐가?"

선장의 계속되는 물음에 우리는 약속이나 한 듯 입을

모아 소리쳤다.

"고래를 죽이지 못하면 보트가 침몰한다."

선장은 우리의 대답이 나올 때마다 희열감에 몸을 떨었다. 그가 지닌 열정은 전염성이 강했다. 시간이 얼마 지나지 않아, 그 자리에 모인 선원들은 모두 넋을 잃은 표정으로 그를 쳐다보고 있었다.

그가 햇빛에 반짝반짝 빛나는 금화를 머리 위로 들어 올리며 다시 말했다.

"자네들도 이게 뭔지 알지? 이건 스페인의 금화인 더블룬이야. 16달러의 가치를 지니는 진짜 금이란 말이야. 잘 보았나? 스타벅, 망치를 가져오게."

일등항해사가 연장을 가지러 달려간 사이, 에이허브 선장은 금화를 자신의 코트 위에 대고 문질러 더욱 광을 냈다. 잠시 뒤 스타벅이 망치를 들고 돌아오자, 에이허브 선장은 그것을 받아 들고 우리 곁을 지나 메인마스트(함선의 제일 큰 돛대)로 다가갔다.

그가 크게 외쳤다.

"자네들 중에 흰 고래(백경, '白鯨'), 즉 이마에 주름이 있고 턱이 비뚤어진 향유고래를 발견하는 사람에게는 이 스페인 금화를 주겠다."

그는 외투 주머니에서 못을 꺼내어 메인마스트의 머

리 높이에 그 금화를 박았다. 그러고는 몸을 돌려 우리를 바라보며 말했다.

"그놈을 꼭 찾아야 한다. 그리고 그놈을 발견하면 가슴이 터질 듯이 큰 소리로 알려야 한다."

태슈테고가 물었다.

"에이허브 선장님, 그 흰 괴물이 바로 사람들이 말하는 모비 딕이란 고래입니까?"

"그래, 바로 그놈이야."

이번에는 퀴퀘그가 물었다.

"몸에 작살을 달고 다니는 놈이지요?"

대구가 끼어들었다.

"이상한 물안개 분수공이 있는 놈이지요?"

에이허브 선장은 두 주먹을 꽉 쥐며 대답했다.

"맞아, 바로 그놈이 우리가 찾는 놈이야. 모비 딕이라고!"

그때 스타벅이 선원들 틈을 마구 비집고 나오며 소리쳤다.

"그런데 선장님, 선장님의 다리를 물어뜯은 놈이 분명 모비 딕이 맞습니까?"

그러자 에이허브 선장은 이를 벅벅 갈면서 스타벅을 매섭게 노려보았다. 잠시 뒤, 그가 흥분을 가라앉히고 두 팔을 들어 선원들에게 좀 더 가까이 다가오라는 신호를 보냈다.

"여러분, 그놈이 내 다리를 부러뜨렸다는 말은 사실이
오. 모비 딕 그놈 때문에 내가 여러분 앞에 이 죽은 다리
로 서 있게 된 겁니다. 그 괘씸한 모비 딕이라는 놈이 나
를 망가뜨려 이렇게 죽을 때까지 안달하는 늙은이로 만
들었단 말이야. 난 기필코 그놈을 잡을 거야."

그는 열변을 계속해서 늘어놓았다.

"희망봉과 혼 곶을 도는 한이 있어도, 폭풍우와 소용돌
이와 불길을 뚫고 가는 한이 있어도, 난 절대 그놈을 쫓
는 일을 멈추지 않을 작정입니다. 여러분이 이 배에 탄
이유도 바로 그 때문입니다."

그의 목소리는 절규에 가까웠다.

"그놈이 물속에서 죽어 나자빠질 때까지, 더 이상 물을
뿜지 못할 때까지 내 손으로 찔러 죽일 겁니다. 그 흰 고
래를 말입니다! 그러니 여러분이 날 도와줄 수 있겠소?"

잔뜩 흥분한 선원들은 환호성을 내지르며 입을 모아
말했다.

"네! 모비 딕을 잡겠습니다!"

에이허브 선장이 큰 소리로 말했다.

"여러분에게 신의 은총이 있을 겁니다. 스튜어드, 여기
모인 선원들에게 그로그(물을 탄 럼주)를 돌리게. 그런데

스타벅, 자넨 왜 얼굴을 찡그리고 있나? 우리와 같이 사냥할 생각이 없는가?"

선장의 말에 스타벅은 굳은 표정으로 대답했다.

"어떤 사냥이든 저도 참가합니다. 그게 제가 마땅히 해야 할 일이니까요. 하지만 제가 여기에 온 이유는 고래를 잡기 위해서이지, 제 상관이 말 못하는 짐승에게 복수하는 일을 돕기 위해서가 아닙니다."

"내가 그 짐승을 미워하는 데는 다 그만한 이유가 있다네. 난 말이지, 꼭 복수를 하고 말 걸세. 누구도 그걸 말릴 수는 없어."

그러자 스타벅이 그의 말을 맞받아쳤다.

"이성이 없는 순박한 동물을 미워한다는 건 말이 안됩니다. 그건 바람에 넘겨졌다고 바람에게 화를 내고, 비에 몸이 젖었다고 비에게 화를 내는 것과 마찬가지란 말입니다."

스타벅의 비유에 에이허브 선장은 성난 개처럼 으르렁거렸다.

"하지만 나는 화가 나! 나를 이렇게 병신으로 만든 놈을 파멸시킬 수 있는 힘이 내게 있는 한 반드시 본때를 보여줄 거라고. 그러니 자네는 그렇게 알아두기만 하면 돼."

에이허브 선장은 스타벅의 어깨에 한 손을 얹더니 가

까이로 끌어당겼다.

"스타벅, 선원들은 모두 내 편이야. 이들이 이번 사냥을 앞두고 얼마나 흥분해 있는지 잘 보라고. 자네도 이미 수백 마리의 고래를 잡은 경험이 있는데, 그깟 한 마리를 더 죽인다고 뭐 그리 대수인가? 내가 자네에게 한 마리를 더 잡으라고 하는 것뿐인데 말이야. 자네, 선장인 나에게 반항이라도 할 참인가?"

하지만 스타벅은 물러서지 않았다.

"하지만 그놈을 어떻게 찾아냅니까? 전 세계의 바다를 다 뒤져서 그 별난 고래 한 마리를 찾아내려면 몇 년이 걸릴 겁니다. 애당초 불가능한 일입니다."

선장이 대답했다.

"그놈이 숨을 만한 곳을 샅샅이 그려놓은 지도가 있네. 그놈에게 안식처 역할을 하는 이 물의 세계를 옮겨 놓은 지도가 있단 말이야. 지난 20여 년 동안 그놈을 목격했다는 보고를 모두 종합해서, 그놈의 습관과 그놈이 규칙적으로 돌아다니는 지역을 알아냈거든. 그래도 조사해야 할 곳이 아주 많이 남아 있지. 스타벅, 그놈을 찾는 데는 수개월, 아니 수년이 걸릴 수도 있을 거야. 하지만 우리는 그놈을 꼭 찾아내야 해."

선장 역시 단호했다. 스타벅은 아예 애원조로 말했다.

"우리가 선주들에게 해야 하는 의무가 있지 않습니까? 우리는 그들에게 향유를 가져다주기 위해 온 겁니다."

에이허브 선장이 대답했다.

"그렇게 할 거야. 모비 딕을 쫓는다고 우리 의무를 다하지 말자는 얘기가 아니야. 나는 죽은 고래에 대해서는 귀신처럼 냄새를 잘 맡아. 죽은 고래가 보이면 보트만 내리면 돼. 그러면 우리가 고향으로 돌아갈 즈음에는 자네들 지갑도 두둑해질 거야. 그러니까 우리의 가장 중요한 임무인 모비 딕을 죽이는 데 전념하라고."

선장의 말에 선원들이 일제히 환호성을 질렀다. 일등항해사의 완패였다. 스타벅은 고개를 푹 숙인 채 몸을 돌렸다.

스튜어드가 커다란 럼주 잔을 들고 일등항해사 옆을 지나 달려왔다. 그가 에이허브 선장 옆에 급히 멈춰 서자 배의 바닥 위로 술이 넘쳐흘렀다.

에이허브 선장은 침묵을 지키고 있는 항해사들을 어깨 너머로 바라보았다. 그러고는 몸을 돌려 세 명의 작살꾼에게 의기양양한 표정으로 외쳐 댔다.

"자네들은 무기를 들고 내게로 가까이 오게."

작살꾼 셋이 앞으로 발걸음을 옮기자, 나머지 선원들이 왁자지껄하며 그들 가까이로 몰려들었다. 에이허브 선장은 커다란 럼주 잔을 대구에게 넘겨주며 명령했다.

"마시고 돌려!"

우리는 독한 럼주를 각자 한 모금씩 돌아가며 들이킨 뒤 다시 선장에게 잔을 넘겼다. 그가 명령했다.

"이제 작살에서 머리 부분은 빼어 둔다."

작살꾼 세 명이 긴 나무 자루의 구멍에서 쇠 칼날을 얼른 빼들어 선장에게 보였다.

"엎어놓은 포도주 잔처럼 칼날 부분이 아래로 가도록 하고 앞으로 나온다."

칼날이 박힌 머리 부분은 안이 텅 비어 있었다. 작살꾼들이 어리둥절한 표정으로 머리 부분을 뒤집어 들자, 에이허브 선장은 커다란 잔을 들어 그 안에 불같이 뜨거운 럼주를 가득 부었다. 그러고는 고래고래 소리를 질렀다.

"이제 마시고 맹세한다. 모비 딕을 꼭 죽인다! 만약 실패하면 우리가 죽는다!"

선원들로부터 쏟아져 나오는 격려의 외침과 부르짖음 때문에 작살꾼들의 맹세는 잘 들리지 않았지만, 그들은 칼날의 머리 부분을 입술에 대고 술을 비웠다. 에이허브 선장이 다시 술잔을 돌리자, 모든 선원들은 다시 한 모금씩 술을 들이켰다.

술에 취해 반쯤 풀린 내 눈으로 점점 창백하게 변하는 스타벅의 얼굴이 들어왔다. 그러나 나는 다른 사람들과 함께 웃고 소리치느라 그에게 신경을 쓸 여력이 없었다. 아니, 스타벅이 자기 방으로 돌아갈 때 에이허브 선장이 그에게 보낸 의기양양한 눈빛을 알아채지 못했다.

그날 밤 내내 피쿼드호의 선원들은 열대 몬순 기후 속에서 술을 마시고 춤을 췄다. 나뿐만 아니라 다른 사람들도 하얀 고래에 대한 선장의 오랜 원한에 일종의 전율을 느끼고 있었다.

우리가 럼주를 마시는 동안, 나이 많은 선원 몇 사람이 모비 딕에 대한 이야기를 꺼냈다. 그들은 모비 딕이 지난 수년 동안 고래잡이배들에게 얼마나 위협적인 존재였으며, 어떻게 고래잡이용 보트를 박살내고 선원들을 차가운 바닷속으로 수장시켰는지 생생하게 들려주었다.

그들의 말에 따르면, 그 고래는 잡혔다 싶으면 갑작스레 방향을 전환하면서 잠수를 해 교란 작전을 펼 만큼 교활한 놈으로, 고래 사냥꾼들이 정말 죽이고 싶어 하는 대상이었다. 그들은 모비 딕이 사람을 공격하기 좋아하고, 또 그렇게 하기에 충분할 정도로 지능이 높은 사악한 동물이라며 입을 모아 말했다.

우리들 가운데 누구보다도 조심성이 많은 맨 섬 출신의 늙은 선원은 동해 근처에서 세 대의 보트로 모비 딕을 쫓던 어떤 선장의 얘기를 늘어놓았다.

그 선장은 본선에서 멀리 떨어진 곳까지 모비 딕을 쫓고 있었다. 그러나 놈은 어느 순간 물속으로 들어가더니 다시는 나타나지 않았다. 세 대의 보트는 10분 동안 서로 가까이 붙은 채 물위에 떠 있었다. 고래가 수면 위로 다시 떠오르면 추적을 계속할 작정으로 기다리고 있었던 것이다. 선원들은 마음을 놓고 이마의 구슬땀을 닦은 뒤 잡담을 나누거나 따가운 햇볕을 피해 잠시 눈을 감았다.

바로 그때였다. 모비 딕이 수심 300미터의 깊이에서 힘차게 솟아올라 청천벽력 같은 소리를 내며 덮쳤다. 고래가 엄청난 속도로 보트의 몸체를 들이받자, 그 보트는 12미터나 공중으로 날아올라 산산이 부서지고 선원들은 순식간에 피투성이가 되었다. 커다란 몸체를 통째로 물 밖으로 내놓은 고래는 공중에서 제비돌기를 하더니, 남은 두 척의 보트를 향해 몸을 날렸다. 결국 보트는 모두 산산조각이 나고 선원들은 깔려 죽거나 물에 빠져 죽고 말았다.

선장은 거의 익사 상태에 있었지만 최대한 정신을 놓지 않으려고 애썼다. 그는 작살을 던진 다음, 자신을 공격하고 있는 놈의 등에 뛰어올라 주머니칼로 힘껏 찔렀다. 그 사람이 바로 에이허브 선장이었다. 그는 분노에 치를 떨며 끝까지 싸우려는 의지를 굽히지 않았다. 그가 무모할 정도로 등을 찔러 대자, 고래는 서서히 머리를 돌리더니 그의 몸 아래로 비뚤어진 턱을 쑥 밀어 넣고 한쪽 다리를 물어뜯었다.

맨 섬 출신의 선원은 계속해서 말을 이어나갔다.

"나는 그 항해에 갔다 온 선원 한 사람을 뉴욕의 술집에서 만났습니다. 그가 모든 얘기를 해주더군요. 사람들이 에이허브 선장을 물에서 건져 올렸을 때, 그는 괴로움을 견디지 못해 미친 사람처럼 소리를 질렀답니다. 그는 한 달 내내 침대에 누워 있으면서도 분노에 치를 떨었다는군요. 다행히도 얼마 뒤 평정을 되찾았죠. 선원들은 모든 것이 정상으로 돌아왔구나 생각했지요. 그러나 오늘 본 정황으로 미루어보면, 그는 그 고래에 대한 말할 수 없는 미움을 가슴속 깊이 숨기고 있는 듯합니다. 어느 누구도 자신의 계획을 의심하지 못하도록 가슴속에 꼭꼭 묻어두고 있었던 거지요. 아마도 그는 지난 수개월 동안 모비 딕을 죽일 계획을 세운 것 같습니다. 그래서 어떤 배의 지휘권을 받기만을 인내하며 기다린 겁니다. 여러분에게 분명히 말해두지만, 이건 미친 짓입니다. 어떻게 해서라도 그를 말려야 합니다. 그는 이 고래를 잡기 위해서라면 그 어떤 상황에서도 결코 물러서지 않을 겁니다. 결국 우리는 선장을 사로잡고 있는 광기와 증오의 희생양이 될 위험에 놓여 있는 셈입니다."

그러나 우리는 마시고 노느라 바빠, 이 늙은 선원의 경고에 귀를 기울이지 않았다. 취기가 잔뜩 오른 우리는 살아 있는 짐승조차 두렵지 않았으니까. 우리는 스스로를 무적이라고 생각하고 있었다.

제5장

다섯 유령

그날의 폭음으로 생긴 두통은 꼬박 사흘 밤낮을 괴롭혔다. 그러나 우리의 항해는 전과 다름없이 계속되었다.

　에이허브 선장은 고래의 출현, 특히나 어떤 특정한 고래의 출현을 감시하기 위해 모든 마스트 꼭대기에 선원을 한 명씩 배치했다. 그러고는 폭풍이 몰아칠 것 같은 사나운 날씨에도 남쪽을 향해 쉼 없이 뱃길을 재촉하고 있었다.

　마스트 꼭대기에서 보는 경계 임무는 모든 선원들이 번갈아 가며 맡았다. 나는 낸터킷을 떠난 뒤부터 줄곧 그런 일을 겪어야 한다는 사실을 몹시 두려워하고 있었다. 배가 항구를 떠나는 바로 그 순간부터 항해를 마치고 닻을 내리는 순간까지 고래잡이배의 경계 임무는 항해의 성패에 지극히 중요한 영향을 미쳤다. 그래서 날씨가 궂

든 말든 아랑곳하지 않고 마스트 꼭대기에는 선원들이 어김없이 배치되었다.

피쿼드호에는 선원이 마음 편히 앉아 있을 수 있는 휴식 공간이 없었다. 그 때문에 배가 아래위로 요동을 칠 때면 우리는 각각의 마스트에 툭 튀어나와 있는 스파(돛대로 쓰는 둥근 재목) 두 개에 발을 댄 채 손이 저리도록 삭구를 움켜쥐고 있었다.

난생처음 마스트 꼭대기에서 한 시간을 보내는 동안, 나는 마치 길길이 날뛰는 황소의 뿔에 걸터앉은 사람처럼 불안한 자세로 여기저기를 더듬었다. 그러자 얼마 지나지 않아 다른 사람들처럼 그 일에 익숙해졌다.

한두 주가 지나자, 나는 마치 태양이 이글거리는 길 한 구석에서 별 생각 없이 친구를 기다리는 사람처럼 갑판 위 30미터 높이의 흔들리는 돛대에 등을 기댄 채 팔짱을 끼고 서 있을 수 있게 되었다.

어느덧 배는 열대 지방으로 들어섰다. 그즈음 나는 마스트 위에서 보내는 시간을 즐기게 되었다. 끝이 보이지 않는 넓은 바다가 수평선 끝의 푸른 하늘 속으로 서서히 가라앉는 광경을 바라보노라면 절로 마음이 포근해졌다. 부드럽게 출렁이는 뱃소리와 살포시 뺨을 어루만지는 열대의 미풍에 넋이 빠져 있다가 살을 꼬집어 잠을 깬 적도 여러 번 있었다.

물론 나는 고래를 한 마리도 발견하지 못했다. 단지 하늘을 바라보며 고래잡이 산업에 긴요하게 쓰일 우주의 미스터리를 궁리하다가 깜빡 졸기 일쑤인, 그야말로 초보 고래잡이였다. 하지만 거대한 바다 괴물인 리바이어선(영국의 철학자 홉스가 지은 책.)이 바다 위에서 움직이는 것을 발견하면 곧장 어떻게 해야 하는지 정도는 잘 알고 있었다. 고래가 나타나면 보통은 "고래가 물을 내뿜는다!"라고 소리치게 되어 있었다. 이 외침을 처음 듣는 순간과 그 소리가 채 사라지기도 전에 밀어닥쳤던 전율은 앞으로도 쭉 잊혀 지지 않을 것 같다.

태슈테고가 마스트에서 상체를 한껏 구부린 채 왼팔로 고래를 가리키며 외쳤다.

"고래가 물을 내뿜는다! 뱃머리 앞쪽 3킬로미터 떨어진 곳에 고래 떼가 나타났다."

그 즉시 배에 경고음이 울리고 한바탕 소란이 벌어졌다. 우리가 배 옆에 매달아 두었던 보트 세 척을 윈치(원통형의 드럼에 줄을 감아, 도르래를 이용해서 무거운 물건을 높은 곳으로 끌어올리는 기계)로 끌어올려 바다에 띄울 준비를 하는 동안, 태슈테고가 갑판으로 내려와 다른 작살꾼들과 합류했다.

내가 스타벅과 한 팀이 되어 서툰 동작으로 로프를 내리고 있을 때, 다른 동료가 '헉' 하는 소리를 내뱉으며 깜짝 놀란 표정을 지었다. 나는 얼른 몸을 돌려주위를 살펴보았다. 다섯 유령이 에이허브 선장을 부축하고 뒤쪽 갑판에서 나와 계단을 내려오고 있었다. 그들의 옷은 모두 검정색 실크로 되어 있었으며, 피부는 호랑이 가죽과 같은 구릿빛이었다.

이 이상한 사람들의 모습은 망대에 있던 선원이 지른 고함 소리보다도 훨씬 더 강렬했다. 갑판에 도착하자 그들 가운데 네 명이 급히 달려가 남은 보트를 물 위에 띄웠다. 에이허브 선장은 그들 중 우두머리로 보이는 한 유령과 함께 가만히 기다리고 있었다. 그는 자신의 꼬불꼬불한 머리카락으로 만든 터번을 하얀 머리 위에 높게 두르고 있었다. 그의 창백한 입술 사이로는 뻐드렁니 하나가 비쭉 튀어나와 있었다.

에이허브 선장이 그 선원들에게 소리를 질렀다.

"거기, 보트를 좀 멀찍이 내려놔. 각자 자기 보트에 타라."

우리는 배 옆면에서 뒷질하는 보트 안으로 뛰어내렸다. 플래스크가 그의 보트 뒤에서 노를 저으며 닦달했다.

"간격을 넓혀."

스텁이 다독였다.

"이봐, 우리 간격을 좀 더 넓히자고."

스텁이 내 머리 너머로 소리쳤다.

"두 팔이 빠질 정도로 힘을 써서 계속 간격을 넓히란 말이야."

그러나 세 척의 보트가 피쿼드호에서 멀리 떨어진 뒤에야, 네 번째 보트가 본선의 선미에서 튀어나갔다. 그 유령들이 야만인처럼 노를 젓는 동안, 에이허브 선장은 보트 뒤에 서서 그들을 지켜보고 있었다.

스타벅이 놀란 표정으로 중얼거렸다.

"저 사람이 정말 에이허브 선장입니까?"

스텁이 웃으며 대답했다.

"저 노인네는 아직도 그 하얀 고래를 잡을 생각에 미쳐 있는 겁니다."

플래스크가 큰 소리로 말했다.

"맞아. 그러니까 저 사람들을 따로 데려와 지금까지 배에 숨겨 두었던 거로군."

나는 오싹한 기분이 들었다. 그와 동시에 퀴퀘그와 함께 낸터킷에서 배를 타기 위해 걸어내려갈 때 시커먼 모습의 사람들이 우리 옆을 획 지나갔던 일이 새삼 기억났다. 갑판 아래의 으슥한 방에서 에이허브 선장이 혼자 작은 목소리로 중얼거리던 장면도 생각났다. 나는 스타벅이 우리를 내려다보며 머리를 설레설레 흔드는 것을 바라보았다.

스텁이 스타벅을 마주 보며 침착하게 말했다.

"다섯 명이 늘었군요. 그뿐입니다."

그가 다시 자기 보트에 탄 선원들에게 말했다.

"그들이 일손을 보태려고 이곳에 온 사람들이라면 난 불만이 없습니다. 이제 여러분은 죽기 살기로 일에 매달리지 않아도 됩니다. 폐가 터질 것 같은 상태까지는 힘을 써야겠지만, 그 이상 무리할 필요는 없습니다. 자, 눈알이 튀어나오도록 노를 저어 봅시다. 준비가 되었으면 이제 노를 저으세요. 혈관이 터지기 직전까지만 말이에요."

스타벅은 스스로를 분발시키려는 듯 목소리를 높였다.

"뒤떨어지지 않도록 합시다. 오늘 고래를 잡아야 합니다. 우리가 이곳에 온 이유가 바로 그것이니까."

항해사들은 맹세와 애원이 뒤섞인 이상한 말투로 선원들을 어르고 달랬다. 우리는 심장이 고동치고 땀방울이 얼굴 아래로 줄줄 흘러내릴 때까지 노를 저었다. 그러나 에이허브 선장과 그의 호랑이들이 탄 보트를 따라잡을 수는 없었다. 마치 채찍을 맞으며 달리는 말과 같이, 그들은 강철 피스톤처럼 생긴 두 팔을 부지런히 움직이며 앞서 가고 있었다.

우리는 태슈테고가 마지막으로 고래를 목격했던 지점으로 전진하고 있었다. 그때 에이허브 선장의 고함 소리가 들렸다.

"고래가 잠수했다. 배를 멈춰라."

'사운딩'이라 불리는 고래의 잠수 현상은 고래가 물속으로 급히 들어가 5, 6초 내지 한 시간 정도까지 보이지 않는 상태를 가리키는 용어라고, 퀴퀘그가 나에게 설명해주었다.

고래는 대부분의 시간을 바다 속에서 지내다가 숨을 쉬거나 교미를 할 때만 물 위로 떠오른다. 우리는 노를 물 위에 빼놓고 휴식을 취했다. 고래들은 우리가 타고 있는 보트 아래 수십억 킬로미터의 바닷물 속 어디에선가 헤엄을 치고 있었다. 순간 그 늙은 선원의 이야기가 머릿속에 떠올랐다. 우리가 사과처럼 물위에 둥둥 떠 있는 동안, 사나운 리바이어선이 갑자기 공격을 할지도 모른다는 생각이 들자 공포가 몰아쳐 왔다. 그러나 퀴퀘그의 외침이 이내 적막이 깨졌다.

"그놈들이 다시 올라왔습니다. 이쪽이에요."

커다란 거품이 파도처럼 이는 것이 보였다. 마치 수면 위로 물안개가 피어오르는 것 같았다. 바로 그 순간, 스타벅이 우리가 탄 보트의 방향을 돌렸다.

"계속 노를 저어. 우리가 제일 가까이에 있다. 우리가 1등을 해야 한다."

그때 바다가 출렁였다. 커다란 파도가 우리를 물마루 위로 들어 올리더니 어느새 그 골 사이로 내리꽂았다. 고래를 추적한 지 10여 분이 지나자 피쿼드호의 다른 보트들은 보이지 않았다. 어느새 시커먼 구름자락이 우리의 머리 위를 덮고 있었다. 우리는 아랑곳하지 않고 다 함께 힘을 합쳐 노를 저었다.

스타벅이 재촉했다.

"거의 다 왔다. 한 방 멋지게 날려야 하니까, 노 젓는 속도를 높여."

선원 중 한 명이 큰 소리로 외쳤다.

"스콜(열대 지방의 소나기)이 빠르게 다가오고 있습니다."

스타벅이 대답했다.

"고래 한 마리 잡을 시간은 충분해. 작살꾼, 어서 일어서서 준비해."

퀴퀘그가 벌떡 일어서더니 얼른 보트 앞으로 나갔다. 나는 바다를 살펴보았다. 그러나 물보라와 안개가 너무 자욱하여 한 치 앞도 보이지 않았다. 다만 고래가 바로 코앞에서 파도를 가르며 튀기는 물소리에 귀가 찢어질 듯했다.

스타벅이 쩌렁쩌렁한 목소리로 외쳤다.

"던져!"

퀴퀘그는 문신이 새겨진 널찍한 등을 잔뜩 오므렸다 펴면서 손에 든 작살을 공중으로 날렸다. 그와 동시에 보트 뒤쪽이 거세게 밀리더니 앞쪽이 수면 밑의 절벽으로 곤두박질치듯 요동쳤다. 노가 하나 부러지고 돛이 넘어지는 소리가 들렸다. 곧이어 바로 내 옆에서 김이 솟구쳐 오르더니, 보트 바닥 아래에서 덜커덕덜커덕 하는 소리가 귀가 멍멍하도록 울렸다.

그가 던진 작살은 고래의 살갗만을 스쳤을 뿐 명중되지는 않았다. 놀란 고래가 힘센 꼬리로 보트를 후리더니 얼른 물속으로 들어가 나타나지 않았다. 우리는 스콜 속에 갇혀 꼼짝할 수 없었다. 대초원의 번개를 동반한 폭풍우처럼 잔뜩 성이 난 스콜이 우리 주위를 여기저기 들쑤셔 대며 까뒤집고 있었다.

그렇게 우리는 한 시간 동안 높은 파도와 노대바람 속에 뒤엉켜 있었다. 우리를 세차게 후려치던 스콜도 이제 한풀 수그러들었다. 그러나 한숨 돌리는 것도 잠시, 초주검 상태에 놓인 우리의 보트에 물이 스며들기 시작했다. 게다가 우리는 동료들로부터 너무나 멀리 떨어진 곳에서 표류하고 있었다.

끔찍한 밤이었다. 스타벅이 방수용 랜턴에 불을 붙여 부서진 마스크 끝에 매달아놓았다. 우리는 파도치는 바다 한가운데에서 외로이 기다릴 수밖에 없었다. 물이 무릎까지 차오르기 시작했다. 우리는 보트가 가라앉지 않도록 계속해서 괸 물을 퍼내야 했다.

새벽녘이 되자, 차가운 안개가 우리 몸을 감쌌다. 다들 지쳐서 아무 말도 할 수 없었다. 퀴퀘그가 갑자기 한 손을 찻종 모양으로 만들어 귀에 댔다. 어디선가 삐걱거리는 소리가 희미하게 들렸다. 체인이 부딪치는 소리도 멀리서 들려왔다.

스타벅이 나를 바다 쪽으로 밀며 소리를 질렀다.

"자네 옆이야. 그러니 저쪽 너머를 잘 봐."

나는 그가 미쳤다고 생각했다. 그러나 그때, 피쿼드호의 거대한 뱃머리가 안개를 뚫고 나오는 것이 보였다. 6미터도 채 되지 않는 거리였다. 피쿼드호는 길 잃은 보트 위로 구세주처럼 서서히 다가오고 있었다.

드디어 피쿼드호가 보트에 가까이 닿았다. 우리는 피쿼드호의 선미 부분을 꽉 붙들고 동료들에게 구원을 요청했다. 그들은 밧줄을 내려 우리가 배 위로 오르는 것을 도왔다.

이것이 바로 내 생애 최초의 고래잡이 경험이었다. 스

타벅은 조심성이 아주 많은 사람이었지만, 거친 풍랑 속에서도 고래의 추적을 포기하지 않았다. 나 역시 망망대해에서 배가 뒤집히고 부서지는 상황에서도 용케 하룻밤을 이겨냈다.

나는 스텁과 따뜻한 홍차를 마시며 그날의 날씨에 대해 잡담을 나누었다. 그리고 그날 보트에 함께 탔던 동료들의 얼굴을 유심히 관찰해보았다. 그들에게도 이 일은 결코 보통의 사건이 아니었다.

나는 퀴퀘그를 불렀다.

"퀴퀘그, 나를 따라와요. 이제 나도 본격적으로 고래잡이 일을 시작했으니 유언장을 작성하고 증인을 세워야 합니다. 그러니 당신이 그 증인이 되어주시오. 그리고……얼마 안 되겠지만 내 유산의 상속인이 되어 줘요."

나는 선실 침대 위에 걸터앉아 유서를 쓰기 시작했다. 뱃사람만큼 유서 쓰기를 좋아하는 사람들은 아마 어디에도 없을 것이다. 항상 죽음과 마주해야 하는 우리에게 유서는 특별한 의미가 있었다. 나 역시 선원 생활을 하면서 유서를 네 번이나 썼다. 유서를 쓰고 나면 어쩐지 기분이 한결 가벼워졌다.

'자, 이제 마음의 준비가 모두 끝났어. 죽음을 담담히 맞이할 준비가……. 이젠 아무것도 두렵지 않아.'

나는 몇 번이나 속으로 되뇌었다. 가슴에 얹혀 있던 묵직한 바위가 사라진 것 같았다. 이제 내 죽음은 여행 가방 속에 간직해두었다. 이제 나는 비로소 진짜 고래잡이로서 어떤 일이든 할 수 있는 준비를 마친 셈이었다.

제6장

이상한 광경

며칠이 또 지나갔다. 피쿼드호의 항해는 화창한 날씨 속에서 별 탈 없이 계속되었다. 우리는 아조레스 제도와 카보베르데 제도의 고래잡이 구역을 미끄러지듯 빠져나온 뒤 브라질 연안의 따뜻한 바다를 통과했다. 그러나 더 이상 아무것도 발견할 수 없었다. 에이허브 선장이 배를 동쪽으로 돌려 희망봉으로 가라는 명령을 내렸다.

에이허브 선장의 특별한 부하들은 그 일이 있고 며칠이 지난 뒤에야 다시 갑판에 나와 식사도 하고 신선한 바람도 쐬었다. 그들은 일반 선원인 우리와는 별로 말을 섞지 않았다. 하지만 언뜻 들은 말로 미루어볼 때, 그들은 마닐라 근처의 섬 출신으로 단 하나의 목적, 즉 흰 고래 사냥을 위해 낸터킷에서 고용된 사람들이었다.

자신의 머리카락으로 만든 터번을 쓰고 있던 우두머

리의 이름은 페달라였다. 시간이 지나면서, 그가 예언 능력뿐만 아니라 여러 가지 신비한 능력을 소유하고 있음을 알게 되었다. 그는 배 안을 돌아다니면서 때때로 바다를 빤히 바라보곤 했다. 그러나 자기 부하와 에이허브 선장 외에는 그 누구와도 대화를 나누는 법이 없었다.

특히 그는 어스름한 달밤이면 돛대 위에 나와 있기를 좋아했다. 하지만 한밤중에 고래잡이에 나서는 정신 나간 배는 없다. 그러니 그 야심한 밤에 이상한 터번을 쓰고 돛대 위에 웅크리고 앉아 있는 페달라를 발견하고 선원들이 얼마나 놀랐을지 상상해보라.

페달라는 체격이 호리호리한 편이었다. 하지만 그에게는 마치 킹코브라가 곧바로 달려들 것 같은 장면을 연상시키는, 응집된 위압감이 서려 있었다. 나는 짐짓 페달라와 일정한 거리를 유지했다.

나에게는 모든 것이 신기하고 색달라 보였다. 반면에 다른 선원들은 눈치도 빨랐고 경험도 많았다. 그들은 아무런 의심이나 편견 없이 새로운 동료들을 받아들였다.

우리가 아프리카의 끝자락에 다다랐을 때, 희망봉에서 부는 바람이 우리 주위를 맴돌며 윙윙 소리를 내기 시작했다. 물살이 점점 더 높아지는가 싶더니, 어느새 우리 배를 사정없이 때렸다. 파도 밑으로 기어들어간 피쿼드호의 갑판 너머로 거품이 넘쳐흘렀다.

인도양으로 나가기 위해 우리는 일주일 동안이나 고군분투했다. 희망봉! 희망봉이라고 부르기보다는 '절망봉'이라고 부르는 편이 나을 것 같았다. 이쪽 바다에서는 하늘을 시커멓게 물들이며 돛대를 꺾는 사나운 폭풍우가 수개월씩 계속되었다. 짠 바닷물을 먹어본 사람이라면 그것이 얼마나 절망적인 상황인지 잘 알 터이다.

우리 배는 희망봉을 돌아 나와 인도양의 잔잔한 바다로 접어들었다. 나는 마스트에 올라가 망을 보고 있었다. 그때, 수평선 너머 배 한 척이 희미하게 보였다. 앨버트로스라고 하는 또 다른 고래잡이배였다. 이 배는 거의 4년에 걸친 항해를 마치고 고향인 낸터킷으로 돌아가는 중이었다.

피곤에 지친 이 낡은 고래잡이배를 본 순간, 나는 항해가 끝났을 때 우리 모습은 어떨까 생각해보았다. 앨버트로스호는 거센 바다와 이글거리는 태양에 시달린 나머지 거의 희뿌옇게 변해 있었다. 사나운 날씨 탓에 나무판자란 나무판자는 모두 금이 가고 조각이 나 있었다. 거의 다 썩은 삭구에는 물때가 잔뜩 끼어 있었다. 마스트에서 망을 보고 있는 선원들의 수염은 가슴까지 자라 있었으며, 옷은 갈가리 찢어지고 닳아서 누더기나 다름

없었다.

에이허브 선장이 뒷갑판에서 앨버트로스호를 손짓해 불렀다.

"어이! 흰 고래를 보지 못했나?"

그 배의 선장이 난간 너머로 몸을 내밀고는 나팔을 입에 가져다 대었다. 그러나 배가 거대한 파도에 휩쓸려 갑자기 기우뚱거리는 바람에 나팔은 그만 바다로 떨어지고 말았다. 그는 두 손을 컵 모양으로 모아 입에 대고 소리쳤지만, 때마침 바람이 심하게 불었기 때문에 제대로 들리지 않았다. 모비 딕을 목격하지 못했다는 말만 간신히 알아들을 수 있었다. 그동안에도 배는 자꾸자꾸 떠나갔다.

에이허브 선장 옆에 서 있던 스타벅이 물었다.

"갬을 위해 보트를 내릴까요?"

'갬'이란 고래잡이배의 선장들이 바다 위에서 갖는 미팅을 뜻하는 용어이다. 외로운 항해를 해야 하는 고래잡이배의 선장들은 대부분 이런 만남이 있을 때 한두 시간가량 즐거운 마음으로 서로 정보를 교환한다.

우리는 고향에서 수천 킬로미터 떨어진 인도양 끝에 있지만, 앨버트로스호에 우리의 친구나 친척이 타고 있을지도 모르는 일이었다. 그러나 에이허브 선장은 여느 사람들과 사뭇 달랐다.

그가 스타벅에게 나직이 말했다.

"나는 모비 딕을 모르는 사람과는 단 5분도 같이 있고 싶지 않아."

스타벅은 한숨을 쉬며 중앙 갑판으로 돌아갔다. 에이허브 선장은 바람이 불어오는 쪽으로 몸을 구부린 다음, 앨버트로스호를 향해 외쳤다.

"앞으로 피쿼드호로 오는 편지는 모두 태평양으로 보내주시오."

앨버트로스호의 선장은 머리를 끄덕이더니 천천히 돌아섰다. 아마도 바다 위에서 지체하지 않고 고향으로 계속 항해할 수 있어서 오히려 기뻐하는 듯한 눈치였다.

나는 에이허브 선장이 왜 그런 말을 하는지 도통 이해가 되지 않아 옆에 있는 사람에게 물어보았다. 런던에서 온, 제법 도시 냄새가 나는 선원이었다.

"편지라니, 도대체 뭘 말하는 겁니까?"

"고래잡이에게 보내는 편지를 말하는 겁니다. 새로 출항하는 배에는 우편 행낭이 실리거든요. 그래서 고래잡이배들이 바다에서 만나면 가장 먼저 행낭의 이름과 배의 이름이 맞는지부터 확인하죠. 나도 바다에 나온 지 2년 만에 엽서를 한 장 받아본 적이 있습니다. 그런데 그 엽서라는 것이 시퍼렇게 곰팡이가 슬어서 눅눅한 데다 이리저리 닳아서 손에 쥐자마자 흐물흐물해지더라고요. 오래 살다 보면, 당신도 편지를 받을 날이 있을 겁니다."

그는 말을 마치고 나서 한참 동안 껄껄거렸다. 그의 웃음소리는 앨버트로스호가 수평선 너머로 완전히 자취를 감출 때까지 20여 분 동안이나 계속되었다.

피쿼드호는 기수를 동쪽으로 향한 채 조심스럽게 앞으로 나아갔다. 마침내 플랑크톤이 거대한 양탄자처럼 넓게 퍼져서 물결치는 바다가 나타났다. 이 누르스름한 미생물이 바로 육중한 고래의 먹잇감이다. 플랑크톤은 뱃머리 주위의 넓디넓은 바다를 온통 뒤덮고 있었다. 그 모습이 마치 황금빛으로 출렁이는 밀밭과도 같았다.

그다음 날, 우리는 수십 마리의 큰수염고래가 입을 딱 벌린 채 플랑크톤 사이를 유영하는 장면을 목격하였다. 고래들은 이상한 모양의 아가미로 플랑크톤을 걸러 먹고 있었다. 큰수염고래는 수백 개의 길고 뻣뻣한 수염을 갖고 있었는데, 이 수염이 바로 고래가 입을 닫았을 때 플랑크톤이 빠져나가지 못하게 하는 올가미 역할을 하였다. 이 수염은 여성용 코르셋의 보강 재료로 흔히 쓰인다. 우아한 여성이 고래의 입속에 들어 있던 수염으로 온몸을 옥죄는 모습은 상상만 해도 끔찍하기 짝이 없다.

일부 고래잡이배들은 큰수염고래 사냥을 마다하지 않았다. 그러나 낸터킷의 배들은 이런 종류의 고래를 치어나 다름없는 것으로 간주했다. 피쿼드호 정도의 배는 향유고래 사냥을 선호했다. 고래 중에서도 가장 힘이 세고, 한 마리만 잡아도 좋은 기름을 100배럴(1배럴은 158.9리터)까지 얻을 수 있는 수놈 향유고래만이 그 대상이었다. 우리의 항해는 계속되었다.

어느덧 피쿼드호는 플랑크톤이 풍부한 구역을 빠져나와 자바 섬을 향하고 있었다. 그때 마스트 꼭대기에서 망을 보던 대구가 잔뜩 겁을 먹은 채 비명을 질렀다.

"모비 딕의 분수공이 보인다! 바로 코앞이다."

에이허브 선장이 평상시와 다름없이 수백 미터 아래의 뒷갑판으로 천천히 내려왔다. 바다에 누워 눈처럼 하얀 거품을 뿜어대고 있는 거대한 물체가 눈에 들어오자, 그는 재빨리 행동에 들어갔다.

"보트를 띄워라."

그의 명령이 떨어지기가 무섭게 동시에 네 척의 보트가 파도를 가르며 돌진하기 시작했다. 호랑이 같은 그의 부하들이 선두를 지키고 있었다. 그러나 우리가 목표한 지점에 이르렀을 때, 그 동물의 모습은 이미 사라지고 없었다. 우리는 보트에 탄 채 기다리기로 했다.

잠시 뒤 우리의 발밑으로 쏴쏴 소리가 들렸다. 지금까지 내가 보았던 것과는 전혀 다른, 거대하고 흐물흐물한 형체가 홱홱 움직이더니 마치 무생물처럼 물 위로 떠올랐다. 길이가 30미터는 족히 되어 보였다. 놈은 수천 개나 되는 긴 팔로 마치 정글 속의 파충류처럼 바다 속에서 이리저리 꿈틀거리며 움직였다. 그러더니 조금 전에 들은 것과 똑같이 쏴쏴 소리를 다시 한 번 내고는 바다 속으로 서서히 사라졌다.

스타벅이 나지막한 소리로 말했다.

"저렇게 징그러운 놈을 보느니 차라리 모비 딕과 싸우는 편이 낫겠다. 이건 우리 모두에게 불길한 징조야."

내가 물었다.

"그게 뭐였는데요?"

"대왕오징어의 시체였지. 생김새가 어찌나 끔찍한지 고향에 돌아가서도 그걸 본 얘기를 하는 사람은 거의 없다고 알려져 있어. 향유고래는 대왕오징어를 잡아먹기 위해 바다 밑바닥까지 잠수를 하지. 대왕오징어의 촉수에 걸려 상처 입은 고래를 본 적은 있지만, 대왕오징어의 시체를 내 눈으로 직접 본 적은 없었어. 보고 싶지도 않았지. 그런 괴물은 향유고래의 은밀한 세계에 속하는 것이니까 말이야."

우리는 더 이상 아무 말도 하지 않은 채 에이허브 선
장의 보트를 따라 배로 돌아갔다.

제7장

상어의 습격

앞으로 여러분은 보다 긴박감이 넘치는 고래 사냥 이
야기를 듣게 될 것이다. 그래서 나는 여러분이 좀 더 내
용을 잘 이해할 수 있도록 고래잡이용으로 사용하는 밧
줄에 대해 이야기하려 한다.

고래잡이용 밧줄은 질이 좋은 대마로 만드는데, 그 성
질이 부드러우면서도 강해 고래잡이에 안성맞춤이다. 밧
줄의 두께는 16밀리미터 정도여서 눈으로 봐서는 그다지
강해 보이지 않는다. 그러나 50개의 밧줄이 저마다 60킬
로그램의 무게를 지탱할 수 있다는 사실은 이미 오래전
에 증명되었다. 그러니까 전체 밧줄은 자그마치 3톤의
무게를 견뎌낼 수 있는 셈이다.

밧줄의 길이는 대략 400미터 정도로, 보트 뒤쪽에 있
는 통에 견고하게 감아놓는다. 조금만 흐트러져 있어도

선원들의 팔다리를 휘감아버릴 수 있기 때문이다. 그래서 밧줄에 얽혀 바다에 떨어지는 사고가 빈번하게 일어나곤 한다. 고래는 작살에 맞으면 몸부림치며 빠르게 달아나는데, 이때 작살과 연결된 밧줄 또한 빠른 속도로 풀리게 된다. 운이 나쁜 선원들은 풀리는 밧줄에 감겨들어 목숨을 잃기까지 한다.

스타벅은 대왕오징어를 보고 나서 충격에 휩싸인 듯했다. 그러나 퀴퀘그는 대왕오징어의 출현을 좋은 징조로 여겼다. 그는 숫돌에 작살 날을 갈며 이렇게 말했다.

"그게 나타났으니 향유고래도 곧 나타날 걸세."

그의 말은 틀리지 않았다. 바로 그다음 날, 선원들은 종일 맥을 못 추고 갑판 위에 축 늘어져 있었다. 파도는 잔잔했지만 날씨는 푹푹 쪘다. 나는 마스트 위에 올라가 경계 임무를 섰다. 배의 부드러운 흔들림에 취해 열대의 향긋한 바람을 들이마신 지 한 시간쯤 지났을까. 더 이상 눈을 뜨고 버티기 힘든 지경이 되었다. 다리에 맥이 풀리고 몸이 갑판 아래로 떨어져 부서질 것 같은 기분이었다.

바로 그때였다. 마치 구세주처럼 눈앞에 번뜩 스치는 것이 있었다. 나는 눈을 세게 비벼보았다. 내 눈앞에 거대한 향유고래 한 마리가 좌현(배의 뒤쪽에서 뱃머리 쪽으로 보아 왼쪽의 뱃전) 머리 쪽의 물속에서 헤엄을 치고 있었다. 그 모습이 뒤집힌 전함의 선체 같았다. 내가 고함을 지르자, 그놈은 거대한 물줄기를 뿜어대었다. 배 위의 모든 사람이 휘둥그레진 눈으로 그놈을 쳐다보았다.

에이허브 선장은 곧 보트를 내리라고 명령하였다. 우리는 조금의 망설임도 없이 바다로 몸을 던진 다음 사력을 다해 노를 저었다.

보트가 가까이 다가가자, 놈은 우리를 발견하고 재빨리 물속으로 숨어버렸다. 그러나 잠시 뒤에, 스텁의 보트 바로 옆으로 올라오더니 파도를 뚫고 달아나기 시작했다.

스텁이 소리를 질렀다.

"저놈을 쫓아! 힘껏 노를 저으란 말이야!"

태슈테고가 스텁의 보트 앞쪽으로 껑충 뛰어가더니 잽싸게 작살을 던졌다. 태슈테고의 작살이 고래의 옆구리에 푹 박혔다. 갑자기 뭔가 세게 부딪치는 소리가 들렸다. 그것은 줄, 그러니까 작살에 달린 굵은 로프가 힘을 받는 소리였다.

각 보트에는 길이 300미터가 넘는 로프를 코일처럼 감아놓은 나무통이 실려 있었다. 만약 고래가 깊숙이 잠수하면 앞의 로프에 다른 로프를 잇는다. 로프 끝을 묶을 때는 각별히 주의를 기울여야 한다.

고래가 쏜살같이 헤엄쳐 나가자, 로프가 공중으로 **빠**르게 딸려나갔다. 사람의 몸을 둘로 조각낼 만큼 **빠른** 속도였다.

스텁의 보트는 부상당한 고래 뒤로 계속 끌려갔다. 그의 부하들은 죽을힘을 다해 놋좆(노질을 할 수 있도록 노의 허리에 만들어놓은 구멍)에 매달렸다. 태슈테고는 몸을 잔뜩 웅크려, 스텁이 뱃머리 쪽으로 갈 수 있도록 하였다. 고래가 지친 기색을 보이자 스텁이 긴 작살로 잽싸게 푹 찔렀다.

그가 소리쳤다.

"끌어당겨!"

부하들은 로프를 힘껏 끌어당기기 시작했다. 마침내 그가 고래 등에 올라탈 수 있을 정도까지 보트 거리가 좁혀졌다. 그는 고래의 심장을 찾을 때까지 피 묻은 작살로 계속 찔러댔다. 마침내 고래는 자신의 붉은 핏물 속에서 버둥거리다 숨을 거두었다.

태슈테고가 말했다.

"스텁, 이제 뻗었습니다."

그가 대답했다.

"그래, 이제 더 이상 날뛰지 못할 거야."

그는 보트 앞쪽에 서서 자신이 방금 무찌른 거대한 생

물을 바라보며 상념에 잠겼다. 다른 보트들이 다가와 죽은 고래 쪽으로 로프를 내렸다. 열여섯 명의 사내가 정신없이 노를 저었다. 하지만 그 거대한 사체를 피쿼드호 옆으로 끌어오는 데에는 대여섯 시간이나 걸렸다.

내가 갑판에 올랐을 때에는 이미 날이 컴컴해져 있었다. 에이허브 선장은 그 고래를 하룻밤 동안 잘 지키라는 지시를 내리고는 선장실로 돌아갔다. 마치 화가 난 사람 같았다.

플래스크가 끙 하고 앓는 소리를 내며 말했다.

"여러분 모두 선장이 기뻐할 줄 알았을 겁니다. 스텁이 잡은 고래한테서 적어도 90배럴의 기름이 나올 테니까요."

그러자 스타벅이 무심한 표정으로 말했다.

"선장은 기름 따위 관심 없어요. 저 죽은 고래의 모습은 그가 정말로 찾고 있는 놈을 떠올리게 할 뿐이니까."

스텁이 씩 웃더니 크게 외쳤다.

"선장이 뭘 원하든 난 상관없어. 저건 내 고래야. 그러니까 나한테도 한 조각 먹을 권리는 있다고. 대구, 뛰어내려가서 한 점 잘라 와."

고래는 피쿼드호의 측면에 쇠사슬로 묶여 있었다. 그래서 작살꾼이 뛰어내려가 스텁의 저녁거리를 마련해오는 데는 아무런 어려움이 없었다.

스텁이 요리사에게 소리를 질렀다.

"나는 살짝 구운 것을 좋아해. 그러니 고기를 불에 살짝 대기만 하라고."

우리는 빙 둘러서서 스텁이 저녁 식사를 하는 모습을 지켜보았다. 그때 현장(파도가 덮치는 것을 막고자 뱃전에 설치한 장벽) 앞에 서 있던 퀴퀘그가 소리를 버럭 질렀다.

"엉뚱한 놈이 먹겠다고 달려들어요."

나는 얼른 그쪽으로 달려가 난간 너머로 몸을 내밀고는 어둠 속을 살펴보았다. 거대한 몸집의 고래 주위로 상어 떼가 몰려오고 있었다. 잠시 뒤 수백 마리의 상어들이 이빨을 딱딱거리며 죽은 고래를 배불리 먹기 시작했다. 먹이에 다가가려는 욕심에 그들은 서로를 물어뜯기도 했다. 그들의 삼각형 이빨이 밝은 달빛에 번뜩였다.

"숫자가 엄청 많은데!"

내가 중얼거리자 플래스크가 대꾸했다.

"우리는 적도 가까이에 있어. 이곳 바다에는 상어가 많아. 저놈들을 빨리 쫓아버리는 게 좋을 거야. 아니면 내일 아침에 고래의 반이 사라지고 없을 테니까."

그가 작살꾼들에게 현장 위에 몸을 기대고 고래잡이용 스페이드(끝에 날카로운 날이 달린 긴 막대)로 상어들을 찌르라는 명령을 내렸다.

그들은 무려 한 시간 동안이나 까만 눈에 매끄러운 피부를 가진 약탈자들과 싸웠다. 상어들은 서로 더 큰 덩어리를 물어뜯으려 발광하고 있었다. 심지어 그러다 자신의 꼬리를 물어뜯는 놈도 있었다. 바다 전체에 피거품이 일었다. 그 광경이 너무 참혹해서 더 이상 지켜볼 수가 없었다.

결국 나는 해먹(기둥이나 나무 사이에 매달아 침상으로 쓰는 그물 모양의 물건)으로 내려왔다. 갑판 아래서도 그 살육의 소리는 피할 수 없었다. 상어의 몸체가 바로 머리 위의 배 측면을 사정없이 때렸다. 그들은 밤새 피쿼드호 주변에서 고래를 향해 이를 갈며 난리법석을 피웠다. 그날 꿈자리는 말할 수 없을 만큼 끔찍했다.

제8장

고래 기름

다음 날, 드디어 고래잡이가 어떤 일인지 속속들이 알수 있는 기회가 내게도 찾아왔다. 해가 뜨자마자 우리는 갑판으로 달려나가 첫 어획물을 처리할 준비를 했다. 나는 그날의 일과가 시작되기 전에 어획물이 있는 현장으로 가서 전날 잡은 고기를 자세히 살펴보았다.

학교에서 배운 지식과 선원이 들려준 이야기 그리고 책에서 본 사진 덕분에 향유고래의 크기는 어느 정도 알고 있었다. 그러나 피쿼드호의 선체 옆에 묶여 있는 고래의 몸집은 상상 이상이었다. 정말이지 입이 떡 벌어질 만큼 큰 놈이었다. 머리끝에서 꼬리 끝까지의 길이를 발걸음으로 재어보니, 24미터는 족히 되어 보였다. 몸통 끝에서 둘로 갈라져 나온 꼬리의 너비만 해도 어림잡아 6미터는 되었다.

꼬리 근처의 몸통은 웬만한 남자 허리 굵기였는데, 육중한 몸무게에 비해서는 다소 왜소한 편이었다. 그러나 다섯 걸음 뒤부터 점점 굵어지더니 널찍한 등짝에 이르러서는 대략 4미터나 되었다.

몸의 양쪽에는 균형을 유지하거나 높낮이를 조정하는데 필요한 작은 지느러미가 하나씩 달려 있었다. 귀와 눈은 지느러미 바로 위에 붙어 있었지만, 몸통의 다른 부분에 비해 모두 작은 편이었다. 그래서 고래 사냥꾼들은 향유고래가 커다란 머리 양쪽 끝에 붙은 눈의 위치 때문에 전방을 똑바로 주시할 수 없다는 점을 교묘히 이용하곤 했다.

향유고래의 눈 앞쪽에는 머리가 공성망치(중세 시대에 성을 공격하기 위해 만든 무기) 모양으로 곧추 나와 있었는데, 그 길이가 자그마치 6미터가 넘었다. 그리고 평평한 이마는 칼이나 작살을 맞아도 상처 하나 나지 않을 만큼 단단했다. 향유고래와 같은 이마를 가진 사람이 있다면 화강암 따위는 쉽게 박살 낼 수 있을 것이다.

턱은 이마에서 2미터 남짓 아래에 달려 있었는데, 그 안에는 상아처럼 단단한 이빨이 나 있었다. 턱의 길이는 4미터 정도였다. 물거품 사이로 에이허브 선장이 모비 딕에게 휘어진 턱뼈로 공격받는 모습을 떠올리자 등골이 오싹해졌다.

고래가 잠수하기 전에 공기를 들이마시는 분수공은 머리의 정수리 부분에 있었다. 향유고래는 엄청난 수압을 견딜 수 있는 폐를 지닌 덕분에 바다 밑바닥에서 대왕 오징어를 잡아먹을 수 있었다.

나는 향유고래의 모습, 특히나 잘생긴 머리를 보고 감탄했다. 지중해의 '큰 물고기'에게 잡아먹혔다는 요나에 관한 성경 이야기가 떠올랐다. 나는 교회를 다니면서도 그것을 믿기 어려운 이야기로 치부하고 있었다. 그러나 바다 한가운데에서 거대한 고래를 눈으로 직접 본 순간, 생각을 바꾸었다.

향유고래에서 기름을 추출하는 작업은 정말 야만적이었다. 그러나 여러분은 이러한 기름 한 방울 한 방울이 우리의 집과 마을을 밝히는 데 사용되고 있으며, 고래의 어느 부위도 버려지지 않는다는 사실을 반드시 기억해야 한다.

우리가 가장 먼저 한 일은 지방이 켜켜이 쌓인 가죽에 두 개의 큰 갈고리를 걸어 몸통이 배 옆으로 길게 뜰 때까지 물 밖으로 고래를 들어 올리는 것이었다. 그 무게는 마스트에 두 개씩 설치된 고패(깃대 따위의 높은 곳에 기나 물건을 달아 올리고 내리기 위한 줄을 걸치는 작은 바퀴나 고리)

가 감당했다. 선원들이 로프를 계속 당기자 고래가 천천히 따라 올라왔다. 피쿼드호가 그 하중에 밀려 20도나 기울어질 만큼 몸집이 큰 놈이었다.

곧이어 작살꾼이 그중 하나의 갈고리를 따라 고래 가죽에 빙 둘러 넓은 칼자국을 내자 선원들이 그 갈고리를 파도 쪽으로 서서히 내렸다. 이것은 '커팅인'이라고 불리는 절개 작업이었다. 다른 갈고리에 걸려 있는 고래 몸통의 무게 때문에 가죽은 뒤에서부터 벗겨냈다.

작살꾼이 절단 작업을 하고 다른 사람들이 두 갈고리를 올렸다 내렸다 하는 동안 고래의 지방층은 폭 120센티미터, 두께 30센티미터의 넓은 띠 모양으로 조각이 났다. 그것은 아주 큰 오렌지의 껍질을 벗기는 작업과 비슷했다. 이 일이 끝나자, 띠 모양의 고래 기름은 '블러버 룸'이라고 하는 지육실(脂肉室)로 옮겨졌다.

절개 작업을 하다 보면, 세월의 흐름에 따라 녹이 슬고 휘어진 작살을 고래의 가죽에서 통째로 발견하는 경우도 가끔 있다. 오랜 고래잡이 경력을 지닌 스타벅의 이야기에 따르면, 늙은 고래의 꼬리에서 미국 원주민이 던진 돌 작살의 머리 부분을 발견한 적도 있다고 한다.

그렇게 일은 착착 진행되었다. 도르래는 위로 올라갔다 내려오기를 되풀이했고, 선원들은 흥에 겨워 노래를 불렀다. 선원들이 고래의 껍질을 벗기는 동안 배는 고래 무게를 못 이겨 끼익끼익 신음을 토했다.

고래의 몸에서 가죽을 비롯한 갖가지 값나가는 부위를 떼어내는 일이 끝나자, 드디어 머리를 자르는 일이 시작되었다. 선원들이 갈고리들을 빼내자 고래의 시체가 금방 파도 밑으로 가라앉았다. 그들은 육중한 머리를 피쿼드호의 현장에 있는 두 개의 체인에 그대로 걸어두었다. 이는 리바이어선의 가장 고귀한 비밀을 알리기 위한 것이었다.

태슈테고가 치켜세워진 고래의 정수리 위로 밧줄을 타고 내려가 분수공 주위의 부드러운 기름층에 구멍을 하나 뚫었다. 그는 로프 길이에 맞춰 그 구멍 아래로 양동이를 넣었다. 그리고 잠시 이곳저곳을 살피다가 릴(실이나 녹음테이프, 영화 필름 등을 감는 틀)에 감기 시작했다. 그러자 얼마 지나지 않아 양동이가 밖으로 불쑥 튀어나왔다. 하얀 액체가 거품을 일으키며 철철 넘쳐흘렀다. 그가 갑판에서 기다리고 있던 동료에게 로프를 통해 양동이를 건넸고, 동료는 그 귀중한 액체를 통 속에 쏟아부었다. 이 작업은 일렬로 놓인 통들이 모두 꽉 찰 때까지 100번 가까이 반복되었다.

이 액체가 바로 모든 고래 기름 중에 가장 순도가 높

다는 경뇌유였다. 경뇌유는 성당에서 쓰는 양초나 고급 연고를 생산하는 데 주로 사용되는데, 향유고래의 머리에는 보통 수백 배럴의 경뇌유가 들어 있다.

나는 인간의 손이 닿기 어려운 곳에 이렇듯 값진 보물이 숨어 있다는 사실에 크게 놀랐다. 단단한 토양 속에 귀중한 다이아몬드가 묻혀 있고, 산악 지대의 하천에 황금이 들어 있으며, 바다 깊숙한 곳에서 지내는 동물의 몸속에 기름이 들어 있는 이유가 무엇일까.

나는 그것이 궁금했다. '사람들은 그런 것들을 찾기 위해 죽음도 마다하지 않는데……'라고 혼잣말을 하는 순간, 고래의 머리를 지탱하고 있던 체인 하나가 삐꺽대더니 우두둑 소리를 내며 부러졌다. 그 때문에 태슈테고가 균형을 잃고 자신이 고래 머리에 파놓은 구멍 속으로 거꾸로 처박혔다.

태슈테고가 몸부림치는지 고래 머리가 마구 흔들렸다. 선원들은 불안한 눈길로 그 모습을 바라보았다. 이어 남아 있던 체인마저도 끔찍할 정도로 날카로운 소리를 내며 떨어져 나갔다. 고래 머리가 파도 위로 쏠리자 피쿼드호의 몸체가 뒤로 출렁였다. 우리는 중심을 잃고 이리저리 굴렀다. 내가 가까스로 뱃전으로 기어갔을 때, 고래 머리가 미끄러지듯 물속으로 사라지고 말았다.

누군가가 비명을 질렀다.

"사람이 떨어졌다!"

그러자 대구가 소리쳤다.

"태슈테고다. 태슈테고가 떨어졌어."

바로 그때였다. 내 머리 위로 검은 그림자가 드리워졌다. 퀴퀘그였다. 퀴퀘그는 날카로운 칼을 입에 문 채 뒷갑판에서 바다로 뛰어들었다.

스타벅이 소리쳤다.

"보트를 내려!"

나는 얼른 고래잡이용 보트를 내리는 것을 도왔다. 그러고는 고래 머리가 사라진 쪽으로 급히 노를 저었다. 1분 동안 물 위에는 아무런 움직임이 없었다. 그러나 곧이어 밀려드는 파도 위로 거품이 이는 광경이 보였다.

내가 고함을 질렀다.

"저기 뭔가 떠올라요!"

잠시 뒤 퀴퀘그가 물 밖으로 몸을 내밀었다. 그는 정신을 잃은 태슈테고의 어깨를 잡아끌고 있었다. 우리는 두 사람을 보트에 태웠다. 퀴퀘그가 자초지종을 설명했다.

"서서히 가라앉고 있던 고래 머리 옆에 조심스레 구멍을 하나 뚫었습니다. 그런 다음에 태슈테고의 두 귀를 잡고 아이를 받듯이 밖으로 끌어냈습니다."

내 옆에 앉아 있던 스타벅이 나지막이 말했다.

"이럴 때 잘 어울리는 속담이 하나 있지. '상황이 아무리 절망적이더라도 희망을 버리지 말라.'라는 말이야."

태슈테고는 한참 뒤에야 정신을 되찾았다. 퀴퀘그 역시 힘이 하나도 없어 보였다. 나는 묵묵히 자기 자리로 돌아가 하던 일을 마무리 짓는 퀴퀘그를 바라보며 속으로 생각했다.

'한 사람의 생명을 구하러 뛰어드는, 그런 대단한 용기는 어디서 나왔을까? 이스마엘, 너라면 그 상황에서 과연 그런 행동을 할 수 있었을까?'

고래 기름을 추출할 때 가장 힘든 작업은 아마도 마지막 단계일 것이다. 고래잡이배의 한가운데에는 벽돌로 지은 사각형 모양의 구조물이 있는데, 각 벽면의 크기는 가로 3미터, 세로 2미터 반 정도이다. 이 특별한 구조물은 경뇌유 정제소라 부르며, 그 안에는 쇠로 된 용광로가 하나 있다. 선원들은 이 용광로에서 고래의 지방을 녹여 기름을 만든다. 그리고 지붕의 개구부 아래에는 단지 모양의 쇠로 된 정제 장치, 즉 '트라이포트'가 두 개 있다. 용광로는 바로 그 아래에 놓여 있는데, 불길이 배로 번지지 않도록 얕은 물 받침으로 갑판과 분리해두었다.

나는 이 정제 장치에 불이 당겨지고 연기가 나오는 장

면을 처음 본 순간, 우리 모두가 타 죽을 것만 같은 생각이 들었다. 연기가 굽이쳐 오르며 미스트를 감싸더니, 용광로에서 튄 불똥이 탁탁 소리를 내며 갑판 위로 날아다녔다. 섬뜩하게도 빨간 불꽃이 눈앞의 모든 것을 감싸고 있었다.

용광로가 제법 달궈지자, 지육실에 있던 동료가 고래 가죽을 베개 크기로 자르기 시작했다. 잘린 덩어리들은 곧바로 갑판으로 옮겨졌다. 그러면 작살꾼 하나가 잘린 덩어리들을 용광로 안에 하나씩 던져 넣었다. 덩어리가 지글거리며 타들어가면 마침내 가죽에서 기름이 스며 나왔다. 육중한 고래의 몸 전체에서 기름이 한 방울씩 떨어져 내렸다. 이윽고 단지 바닥에 기름이 고였다. 여기에서 나온 기름은 구리로 된 냉각관 안으로 흘러갔다.

뼈를 비롯한 찌꺼기들이 위로 떠오르면 건져내어 뱃전 너머의 상어에게 던져주었다.

얼마 뒤 기름이 식어 찐득찐득한 상태로 변하자, 선원 한 명이 쇠테를 두른 커다란 통에 들이 부은 다음, 그 통을 배의 맨 아래쪽에 있는 화물칸으로 굴려서 옮겼다. 그리고 배가 출항지로 돌아가 다시 닻을 내릴 때까지 누구도 열지 못하도록, 모든 통을 각목과 타르로 봉인하고 자물쇠를 걸어두었다.

용광로가 하루 내내 새까만 연기를 내뿜는 동안, 선원들은 그을음을 뒤집어쓴 채 죽은 고래의 잔해 더미 주변을 오갔다. 갑판은 썩다시피 한 낡은 통과 피와 기름으로 범벅이 되어 있었다. 그것은 소름과 악취와 혼란이 뒤섞인 도살장의 한 장면과 다름없었다. 그러나 하루 이틀 뒤 청소가 끝나자 배는 원래의 깔끔한 모습을 되찾았다. 이미 경뇌유 정제소의 해치는 제자리에 맞게 꼭 닫혀 있었으며, 선원들도 머리에서 발끝까지 깨끗이 목욕을 끝낸 상태였다. 이것이 바로 그 배였던가 싶은 정도였다.

마스트에 올라가 있던 선원들은 깨끗한 갑판을 내려다보며 서로 미소를 짓기도 했다. 우리는 언제나 다른 고래와 마주칠 가능성을 안고 있었다. 우리가 대청소를 끝낸 바로 그 순간 새로운 고래가 나타났다면, 또다시 그 힘든 과정을 겪어야 할 것이다.

고래잡이배의 생활은 그런 것이다. 그리고 인생 또한 마찬가지이다.

제9장

고래 함대

선원들이 망망대해에서 고래를 찾는 동안, 피쿼드호는 인도양을 건너고 있었다. 그사이 늙은 향유고래를 발견해 보트를 한 번 내린 적이 있었다. 그런데 우리가 숨 가쁜 추적을 마치자마자 고래의 숨이 끊어져 바닷속으로 가라앉기 시작했다.

스타벅이 소리를 질렀다.

"스텁, 밧줄을 끊어! 이러다간 우리까지 다 죽겠다."

우리의 사냥감은 눈 깜짝할 사이에 바다 밑으로 미끄러지듯 사라져버리고 말았다. 노를 젓는 데만 서너 시간이 걸렸을 만큼 힘들고 위험한 사냥이었다. 그 때문에 사냥감을 잃었다는 사실에 우리 모두 허탈감을 감추지 못했다.

대부분의 고래는 죽은 뒤에도 하루 이상 물 위에 떠

있기 마련이지만, 이번처럼 곧바로 가라앉는 경우도 드물게 있다. 이렇게 되면 사냥꾼들은 전리품을 잃고 만다. 지난번 사냥 이후로 고래 구경을 한 것이 고작해야 서너 번밖에 되지 않았으므로, 선원들은 이 불운을 매우 민감하게 받아들였다.

나이가 든 몇몇 선원들은 고래를 잡기에는 인도양이 가장 좋지 않은 곳이며, 가장 좋은 곳으로는 동해 연안을 꼽을 수 있다고 하였다. 그리고 지금은 그곳이 몇 시간에 한 번씩 향유고래 떼가 출몰하는 황금 어장이 되었지만, 10년 전에는 쥐새끼 한 마리도 구경하지 못한 채 몇 주씩 항해를 해야 할 만큼 척박한 곳이었다고 덧붙였다.

어느 날 아침, 나는 반농담조로 일등항해사인 스타벅에게 이런 질문을 던졌다.

"바다의 고래를 모두 잡아 그 씨를 말려본 적이 있으세요?"

그가 나에게로 돌아서며 얼굴을 찡그렸다.

"고래는 내 생활 밑천이야. 내 마누라와 자식을 먹여 살리는 수단이라고. 앞으로는 그따위 허튼 질문으로 조롱하지 마!"

그의 말에 나는 부끄러움을 느꼈다.

"죄송합니다."

그가 말을 이었다.

"그리고 말이야. 바다에서 고래의 씨가 마르는 법은 없어. 고래의 습성이 바뀌는 것뿐이지. 고래들은 공격을 받으면 급히 무리를 지어서 안전을 도모하지. 떼를 지어 몰려다닌단 말이야. 늙은 수놈들만 홀로 다니는 거야."

내가 물었다.

"그렇다면 우리가 고래의 생존에 정말로 위협적인 존재겠군요?"

나는 그의 감정을 상하게 하고 싶은 마음은 추호도 없었지만, 낸터킷에서 배를 탄 고래잡이 선원들 가운데서 가장 경험이 많은 그에게 고래에 대해 배울 수 있는 기회를 놓치고 싶지도 않았다.

스타벅이 나를 빤히 쳐다보더니 진지한 목소리로 말했다.

"난 그렇게 생각하지 않아. 그 이유는 세 가지야. 첫째, 서른 명이 탄 이 배가 4년 동안 고래를 쫓는다고 해봐야 그동안 잡을 수 있는 고래의 숫자는 마흔 마리밖에 되지 않아. 그 정도만으로도 우리의 항해는 성공적이었다는 평가를 받을 수 있으니까. 결국 우리가 1년에 10마리밖에 잡지 못한다는 뜻이지."

그는 나의 연산 능력을 의심이라도 하는 듯 자세한 설

명을 덧붙였다.

"둘째, 고래는 숫자가 줄어들면 언제라도 남극이나 북극의 한대 수역에 몸을 숨길 수가 있어. 그런 곳에서는 노와 돛대가 아무 쓸모가 없지. 셋째, 고래가 헤엄쳐 다니는 깊은 바다는 우리에게 저 하늘의 달과 같이 미지의 세계야. 그만큼 모르는 게 많다는 뜻이지. 그런 상황에서 마지막 한 마리의 고래까지 잡을 수는 없지 않겠어?"

나는 겸손하게 말했다.

"무슨 뜻인지 잘 알겠습니다."

그가 결론을 내렸다.

"이스마엘, 고래의 생존 따윈 걱정하지 말고, 자네 목숨이나 걱정하게."

그가 갑판 너머의 메인마스트로 시선을 돌렸다. 내 눈길도 그가 향하는 곳을 따랐다. 그곳에는 스페인의 금화 더블룬이 반짝이고 있었다.

그날 아침은 아주 화창했다. 퀘이커 교도인 스타벅의 단호한 마음가짐은 에이허브 선장의 집요한 분노에 파란을 일으키고 있었다. 그러나 내가 이곳까지 온 이유는 세상을 구경하고 고래잡이 일을 배우기 위해서였다. 나는 이 생활에 최대한 충실하기로 결심했다. 경제적으로 나 신체적으로 부족한 부분이 전혀 없었는데도 열대의 향기가 뿜어져 나오는 바다를 향해 제 발로 걸어 나오지 않았는가. 그것만으로 즐거워할 만한 충분한 이유가 되었다.

내가 뙤약볕 아래서 삭구를 정리하며 퀴퀘그와 함께 한두 마디 농담을 나누는 동안, 일등항해사인 스타벅은 바람 한 점 통하지 않는 선실로 내려갔다.

에이허브 선장의 원래 의도는 피쿼드호가 일본을 지나 태평양을 가로지르는 적도선 근처로 방향을 잡는 것이었다. 그곳은 우리가 선창을 기름통으로 가득 채울 수 있는 주요 고래 어장이었다. 그리고 선장의 계산에 따르면 모비 딕과 조우할 수 있는 장소이기도 했다. 결국 우리는 인도양의 끝을 순항하여 자바 섬과 수마트라 섬 사이의 순다 해협으로 뱃머리를 돌렸다. 일단 이 지역을 벗어나면, 필리핀 제도를 통과하여 일본으로 항해할 수 있었다.

그러던 어느 날 아침이었다. 나는 해먹에서 나와 이리저리 어슬렁거리고 있었다. 그때 바람에 이상한 냄새가 실려 왔다. 나는 갑판으로 달려갔다. 저 멀리 수평선 위로 푸릇푸릇한 점 하나가 보였다. 한 시간쯤 지났을까. 어렴풋이 야자수가 보이더니 풀이 우거진 산등성이가 눈에 들어왔다.

우리는 순다 해협으로 점점 다가가고 있었다. 사람들이 이 지역을 '향료 군도(몰루카 제도의 옛 이름)'라고 부르는 데는 다 이유가 있었다. 내가 맡은 냄새는 아침의 산들바람에 실려 온 육계나무의 향내였다.

에이허브 선장이 마스트에 있던 선원들을 독려했다.

"눈을 똑바로 치켜뜨고 지켜보란 말이야. 이 바다에는 별의별 괴물이 다 있다고."

나는 옆으로 지나가는 동료를 붙잡고 물어보았다.

"선장이 왜 저런 말을 하죠?"

그는 손가락을 목에 대고 칼로 긋는 시늉을 하면서 작은 목소리로 말했다.

"해적 때문이지."

나는 의아한 표정으로 다시 물었다.

"이곳에 해적이 있어요?"

그가 뭐라고 대답을 하려는 순간, 마스트에서 고함 소리가 들렸다.

"고래가 물을 뿜는다! 고래 함대다!"

나는 얼른 배의 난간으로 달려갔다. 최악의 상황이 닥칠까 봐 두려웠던 것이다. 바로 몇 킬로미터 앞에 향유고래 떼가 커다랗게 반원을 그리고 있는 것이 보였다. 수백 마리의 고래 떼가 물줄기를 뿜어대며 순다 해협을 통과하고 있었다. 장관이었다.

에이허브 선장이 명령했다.

"스타벅, 전속력으로 고래를 쫓아!"

그때 삭구 더미 쪽에서 선장을 부르는 소리가 들렸다. 태슈테고였다. 그가 배의 끝 쪽을 가리켰다. 열두 마리 정도의 하얀 고래 떼가 저 멀리 바다 위에서 하나의 획을 그리며 유유히 놀고 있었다.

"돛을 물에 흠뻑 적셔라. 돛이 젖어야 배의 속도가 빨라진다. 우리가 고래를 쫓고 있는 것처럼 말레이시아의 해적들도 우리를 쫓고 있다."

나는 어린 시절에 해적 이야기를 책에서 읽은 적이 있다. 그러나 그들은 책 속에서만 존재할 뿐, 이미 100여 년 전에 사라지고 없는 줄로 알았다.

내가 물었다.

"혹시 단순한 어부들이 아닐까요?"

"저놈들은 배를 빼앗는 걸로 모자라, 그 배에 타고 있는 선원들을 전부 상어 밥으로 만들지."

나는 그의 말이 끝나기가 무섭게 삭구 더미 쪽으로 달려가 다른 동료들이 돛을 물에 적시는 일을 도왔다. 피쿼드호는 오래된 배이긴 했지만, 제법 날렵한 편이었다. 우

리가 전속력으로 순다 해협을 통과해 공해로 빠져나가
자, 뒤에 처진 해적들은 가슴을 치며 울분을 토했다. 에
이허브 선장은 그들을 완전히 따돌리고 나서야 돛을 내
렸다.

그의 목소리가 쩌렁쩌렁 울렸다.

"보트를 내려라."

나는 재빨리 삭구 더미에서 내려와 거대한 고래 떼를
향해 힘껏 노를 저었다.

고래들은 떼를 지어 다닌다는 스타벅의 말이 옳았다.
적어도 100마리는 되어 보이는 고래 떼가 우리 눈앞에
나타났다. 깜짝 놀란 고래들은 지느러미와 꼬리로 물살
을 때리며 우왕좌왕하고 있었다. 우리는 보트들을 분산
시켜 무리의 가장자리로 몰 만한 수놈을 한 마리 찾았다.

조금 뒤, 퀴퀘그가 그놈에게 작살을 날렸다. 하지만 어
느 보트도 고래 떼에 가까이 접근하려 하지 않았다. 숫자
가 많아야 안전하다는 고래의 계산이 들어맞은 셈이었
다. 옆구리에 작살을 맞고 통증을 느끼기 시작한 수놈은
곧바로 우리를 자기 무리가 있는 곳으로 끌고 갔다.

우리가 탄 보트가 빠른 속력으로 끌려가는 동안, 바다
깊은 곳에서는 하얀 입이 벌어졌다. 고래들이 길길이 뛰
며 꼬리로 도리깨질을 해댔다. 퀴퀘그는 고래 꼬리에 부

닿히지 않기 위해 각별히 신경을 쓰면서, 우리가 고래들 사이에 생긴 좁은 물골을 탈 수 있도록 급히 노를 옆으로 저었다. 바다에서 고래 꼬리는 가장 무서운 무기이다. 꼬리는 보트를 12미터 높이까지 날려 보낼 수 있을 뿐만 아니라, 한순간에 가루로 만들 수 있을 정도로 위력을 지녔기 때문이다.

고래가 동료들 주변을 맴돌며 계속 요동치는 바람에 작살이 바다 속으로 빠져버렸다. 마침내 우리는 고래 함대의 포위망에 갇힌 꼴이 되고 말았다.

고래들로 둘러싸인 부유(浮游)벽 안쪽의 물은 유리처럼 맑고 부드러워 마치 잔잔한 호수 같았다. 폐쇄된 벽의 넓이는 고작해야 1평방킬로미터 정도밖에 되지 않았다. 빠져나갈 틈이 전혀 없었으므로, 우리는 감옥과도 같은 그곳을 빤히 바라보며 물 위에 떠 있을 수밖에 없었다.

나는 수면을 무심코 바라보다가 1~2미터 아래에 있는 새끼고래의 얼굴과 정면으로 마주쳤다. 새끼 고래는 호기심 어린 표정으로 나를 빤히 바라보았다. 추측컨대, 그 표정은 내 얼굴에 드리워진 것과 분명 똑같았을 것이다.

퀴퀘그가 반대편 물속을 가리키며 속삭였다.

"여긴 어미 고래가 새끼들을 키우는 곳이 틀림없어요."

그곳에는 10여 마리의 새끼들이 어미 근처에 머물고

있었다. 스타벅이 작은 소리로 말했다.

"고래들이 몹시 흥분한 게 틀림없어. 새끼들을 보호하려는 거라고."

갑자기 윙윙거리는 소리가 공중으로 울려 퍼졌다. 우리를 가두고 있는 연못의 잔잔한 물이 거품을 일으키며 끓기 시작했다. 커다란 수놈 한 마리가 우리를 향해 돌진해오고 있었다. 아마도 다른 보트에서 도망쳐 나온 놈 같았다. 놈이 흥분하자 다른 고래들이 일제히 동요했다.

스타벅이 목소리를 낮추고 말했다.

"각자 노를 잡아."

바로 그때, 얼어붙은 강물이 쩍 하고 갈라지는 듯한 소리가 들렸다. 순간 고래들이 두려움을 느낀 듯 서로 엎치락뒤치락하며 몸부림치기 시작했다.

고요하던 물결이 다시 출렁이자 고래들이 갑자기 우리 쪽으로 밀고 들어왔다. 고래 꼬리가 큰 곡선을 그리며 가까이 다가오자, 우리는 있는 힘껏 노를 저어 거대한 물골 사이로 돌진했다. 간신히 공해로 빠져나온 우리는 다른 보트들 쪽으로 급히 나아갔다.

그때 플래스크는 고래 한 마리를 잡아 본선으로 끌고 가고 있는 중이었다. 고래를 거의 다 잡았다가 놓치고 만 스텁은 우리와 마찬가지로 빈손이었다.

스타벅은 불만스러운 듯 헛기침을 하며 말했다.

"눈앞에 보이는 고래의 숫자가 많으면 많을수록 우리가 잡는 숫자만 줄어든다니까."

제10장

용연향

피쿼드호가 지난번 '향료 군도'라고도 불리는 몰루카 제도의 한 섬 근처를 지날 때, 갑판에 육계나무의 향내가 감돌았다. 우리가 무적함대처럼 무리를 지어 이동하던 고래 떼를 만난 지 한두 주가 지났을 무렵, 또 다른 냄새가 배 주변에 감돌았다. 지난번 것만큼이나 강렬한 냄새였으나 향내라기보다는 오히려 악취에 가까웠다. 그 지독한 냄새에 선원들은 코를 싸쥐지 않을 수 없었다.

누군가 망대에서 외치는 소리가 들렸다.

"어이, 이봐! '블래스티드 고래'를 잡았구나!"

고래의 시체를 매단 고래잡이배가 바로 우리 앞에 있었다.

'블래스티드 고래'란 자연적인 원인이나 오래된 상처로 죽어 바다 위에 떠다니다가 부패한 상태로 발견되는 고래를 가리켰다. 그제야 우리를 괴롭히던 지독한 냄새의 원인이 분명해졌다. 죽은 지 2, 3일이 지난 고래는 말라 죽은 너도밤나무만큼 독한 냄새를 내뿜었다.

망원경으로 그 배를 살피고 있던 스티브가 소리쳤다.

"프랑스 국적의 배야. 그렇다면 저 배는 내가 놓친 고래를 주운 게 분명해. 아니라면 내 해먹을 내놓을게. 저기 꽂혀 있는 건 분명 내 작살이라고."

우리는 그 배 쪽으로 다가갔다. 이때 미풍은 완전히 고요하게 변해 있었다. 또 다른 고래 한 마리가 배의 우측에 체인으로 묶여 있는 것이 보였다. 주름이 자글자글한 걸로 보아서 늙어 죽은 놈이 분명했다. 그런데 이놈에게서 나는 냄새가 훨씬 더 고약했다. 스텁이 그 광경을 보고 흥분하여 손을 비비며 환호성을 질렀다.

"저 배는 '드라이 고래'도 잡았어! 저 배에 탄 사람들은 저놈을 어떻게 처리하려는 걸까? 설마 저놈에게서 기름을 뽑아내려는 건 아니겠지?"

플래스크가 못마땅한 표정으로 한마디 툭 던졌다.

"저 고래보다는 내 부츠 가죽에 있는 기름이 더 많겠네요."

그러자 스텁이 대꾸했다.

"자네 말이 옳아. 그런데 아마도 가장 귀중한 물건은 뱃속에 숨겨 놓았을걸. 갑판에 있는 선원들을 보트에 태워."

나는 어느 책에선가 드라이 고래에 대한 이야기를 읽은 적이 있었다. 드라이 고래는 원인 모를 병에 걸려 죽은 고래를 가리켰다. 그때까지만 해도 나는 그 고래에게서 어떤 귀중한 것들을 얻을 수 있는지 전혀 알지 못했다. 아니, 스텁이 넌지시 비친 말의 뜻조차 이해할 수 없었다. 나는 호기심이 일면서 좀 더 배우고 싶은 욕심이 생겼다.

스텁의 보트를 타고 벌였던 지난번의 격렬한 싸움에서, 공교롭게도 동료 가운데 한 명이 팔에 상처를 입었다. 그는 아직도 통증으로 고생하고 있었다. 나는 그의 자리를 대신 맡겠다고 나섰고, 그는 기꺼이 나에게 그 자리를 물려주었다.

얼마 후, 나는 프랑스 국적의 배를 향해 노를 젓고 있었다. 거리가 제법 가까워지자, 나무줄기 모양의 뱃머리 장식이 눈에 들어왔다. 그 장식의 나무줄기에는 파란색 페인트가 칠해져 있었고, 가장자리에는 동으로 된 가시가 촘촘히 박혀 있었다. 그리고 꼭대기에는 둥근 모양의 붉은색 나무 조각이 볼록 튀어나와 있었다.

선원 가운데 한 명이 그 배의 명판을 보고 소리쳤다.

"부통 드 로즈호인데요."

그러자 스텁이 비웃는 투로 말했다.

"영어로 '로즈버드'란 뜻이지. 장미꽃 봉오리? 이름 한 번 좋네. 명판을 보고 내 그럴 줄 알았지. 그런데 장미꽃 과는 전혀 다른 냄새가 나잖아? 이봐요, 부통 드 로즈호 의 선원 중에 영어할 줄 하는 사람 있습니까?"

머리 위의 갑판에서 무뚝뚝한 목소리를 지닌 남자가 대답하였다.

"여기 있소. 이 배에서 영어를 할 줄 아는 사람은 일등 항해사인 나뿐이오."

스텁이 입을 가리고 낄낄대며 물었다.

"모비 딕을 본 적이 있습니까?"

우리는 끔찍한 악취 때문에 손으로 코를 싸쥐고 있었 다. 그러자 부통 드 로즈호의 항해사가 대답했다.

"그런 이름은 들어본 적이 없는데요."

스텁이 소리쳤다.

"그러면 잠시 기다리시오. 금방 돌아올 테니까."

우리는 당황한 기색을 보이는 일등항해사를 뒤로하고 곧장 피쿼드호로 돌아왔다. 에이허브 선장이 보고를 받 기 위해 뒷갑판에서 초조하게 기다리고 있었다.

스텁이 큰 소리로 보고했다.

"못 봤답니다, 선장님."

선장은 머리를 설레설레 흔들더니 갑판 너머로 휙 사라졌다. 우리는 역한 냄새가 코를 찌르는 부통 드 로즈호로 되돌아갔다. 부통 드 로즈호의 일등항해사는 코에 마대 자루를 둘러쓴 채 긴 칼로 고래를 절단할 준비를 하고 있었다.

스텁이 물었다.

"코가 부러지기라도 했습니까?"

그가 퉁명스럽게 대답했다.

"나도 그랬으면 좋겠습니다. 지금은 차라리 코가 없는 편이 나을 겁니다."

스텁이 농담을 던졌다.

"그럴 겁니다. 지독한 냄새가 진동하고 있으니까. 우리의 기분전환을 위해서 항해사께서 직접 장미 꽃잎을 던져 줄 수 있겠습니까?"

그 항해사가 갑자기 화를 내며 물었다.

"여기에 온 이유가 뭡니까?"

스텁이 대꾸했다.

"충고 하나 해드리려고요. 지금 그 고래에서 기름을 추출하려고 합니까? 그게 얼마나 어리석은 짓인지 알려드려야 할 것 같아서요. 그렇게 비쩍 마른 놈한테서는 기름이 한 잔도 나오지 않습니다."

그 항해사는 약이 잔뜩 오른 표정으로 대꾸했다.

"내가 그걸 모를 줄 아시오? 지난 3년 동안 고래 냄새를 코에 달고 살았습니다. 나도 이놈이 아무런 가치가 없다는 것은 익히 알고 있소. 하지만 우리 선장은 이번이 첫 번째 출항이라서 그런지 내 말을 곧이듣지 않습니다."

그가 막은 코를 비벼대며 말을 이었다.

"그래도 당신 말은 믿을지도 모르니, 이 배로 올라와서 우리 선장과 얘기해보겠습니까?"

스텁이 교묘한 솜씨로 말을 이어갔다.

"나도 고래잡이를 나온 사람이니, 난처한 상황에 놓인 당신을 기꺼이 도와드려야지요."

스텁은 서둘러 로프 사다리를 타고 올라가 갑판 위의 그에게로 다가갔다. 그러나 입을 채 열기도 전에 뒷갑판의 선실에서 요란한 소리가 들리더니, 한 사내가 달려나와 그 항해사에게 프랑스어로 소리를 질렀다. 사내는 말을 마치기 무섭게 손으로 콧등을 감싸고는 다시 선실로 돌아가버렸다.

그 항해사가 나지막한 목소리로 말했다.

"우리 배의 의사입니다. 저 사람 말에 따르면, 고래에서 나오는 가스 때문에 우리 모두 큰 병에 걸릴지도 모른다는군요. 그 사실을 선장에게 알렸는데……, 막무가내라고 합니다."

스텁이 냉소적인 표정으로 대답했다.

"아, 그렇군요. 그런데 이 배에서 영어를 할 줄 아는 사람은 당신뿐인가요?"

"네, 그렇습니다."

"그렇다면 내가 선장에게 뭐라고 말해야 합니까?"

그는 스텁의 눈치를 살피며 말했다.

"선장에게는 내가 말하겠습니다. 오늘 내가 꼭 하고 싶은 일은 이 말라비틀어진 고래의 악취를 없애는 겁니다. 내가 당신의 말을 통역하는 체하면, 선장도 결국 저 고래들을 없애버려야 한다고 생각할 겁니다."

스텁이 물었다.

"그래도 내가 무엇이든 말을 해야 당신이 통역할 게 아닙니까?"

"아무 말이나 해도 상관없습니다."

스텁은 미소를 짓더니 크게 웃으며 말했다.

"그럼 선장실로 내려가봅시다. 당신의 계획이 썩 마음에 드는군요."

그들이 막 발을 떼려는 순간, 멋진 제복을 입은 남자가 뒷갑판의 선실 밖으로 나왔다. 선장이었다. 신경질적으로 생긴 그는 자신의 항해사를 빤히 쳐다보더니 스텁을 위아래로 훑어보았다.

항해사가 스텁에게 물었다.

"선장님께 뭐라고 말씀드릴까요?"

스텁은 개구쟁이 같은 얼굴로 터져 나오는 웃음을 꾹 참고 있었다.

"제복이 선원 복장 치고는 너무 화려하다고 전해주십시오. 그리고 저 모자는 또 뭡니까?"

그 항해사가 자기 선장을 바라보며 프랑스어를 늘어놓았다. 나는 보트 앞으로 몸을 빼고 있었으므로 그가 하는 말을 똑똑히 들을 수 있었다. 학창 시절에 프랑스어를 열심히 공부했기 때문에 그가 무슨 말을 하고 있는지 대부분 이해하였다. 나는 보트에 타고 있던 동료들에게 그의 말을 영어로 번역해주었다.

"이 사람이 어제 고래잡이배를 한 척 보았는데, 그 배에 탔던 선장과 일등항해사, 선원 여섯 명이 블래스티드 고래 때문에 얻은 열병으로 모두 사망했다고 합니다."

항해사의 말에 선장의 얼굴이 창백하게 변했다. 스텁이 항해사에게 물었다.

"그 밖에 또 듣고 싶은 얘기가 있습니까?"

항해사가 대답했다.

"그 정도면 충분한 것 같습니다."

스텁이 다시 말했다.

"근사하게 차려입은 제비처럼 보인다고 전해주세요. 사람을 잡아먹는 고래를 찾아 험한 바다를 헤치고 나가는 사람이라기보다는 댄스 파티에 나가는 사람처럼 보인다구요."

항해사는 놀란 얼굴을 하고 있는 선장에게 진지한 표정으로 통역하는 척하며 제 할 말을 했다.

"이 사람 말로는 질병으로 죽은 고래에서 나오는 가스는 다른 가스에 비해 두 배 이상 치명적이랍니다. 우리가 생명을 유지할 생각이라면 즉시 저 고래 두 마리를 바다에 풀어버려야 한다는 겁니다."

선장이 앞갑판 아래에 있는 선원들에게 뭐라고 소리를 질렀다. 그러자 선원 열두 명이 급히 갑판으로 뛰어올라와 고래를 묶어놓은 체인 주변에 둘러서더니 고래들을 바다에 떨어뜨릴 태세를 취했다.

항해사는 보일 듯 말 듯한 웃음을 지으며 스텁에게 물었다.

"그렇게만 하면 되는 겁니까?

그의 계획이 완벽하게 들어맞고 있었다.

스텁이 대답했다.

"선장이 속았다고 전해주십시오."

그러고는 보트에 타고 있던 우리를 향해 '속은 건 선장만이 아니다'라는 뜻의 몸짓을 해 보였다. 항해사는 자기 선장과 얘기하느라 바빠서 스텁의 계략을 눈치채지 못하고 있었다. 그의 설명이 계속되었다.

　"일단 고래를 풀어놓은 다음 보트를 내려서 가능한 한 배에서 멀찍이 끌고 갈 작정입니다. 보트가 제 속력을 낼 수 있을 만큼 바람이 불지는 않지만, 무엇보다 죽은 고래의 시체에서 나오는 유독 가스를 피하는 것이 급선무이니까요."

　항해사는 고래 썩는 냄새에 질린 나머지, 고래의 시체가 물 위에 표류하도록 놔두는 것에 만족할 수 없었다. 그는 어서 빨리 맑은 공기를 쐬고 싶었던 것이다.

　항해사가 하는 말의 의미를 파악한 스텁은 흥분을 감추지 못하고 두 손을 비비며 물었다.

　"혹시 내가 도와드릴 게 있습니까? 두 마리의 고래 중 드라이 고래가 좀 더 가벼우니까 그놈 정도는 내 보트로 끌어갈 수 있을 겁니다."

　항해사가 그의 말을 통역해주자 선장이 스텁의 손을 잡으며 고맙다는 인사를 전했다. 스텁은 곧장 우리 보트로 되돌아와 부통 드 로즈호의 선원 한 명에게 로프를 던졌다. 그 친절한 선원이 고래 주위에 로프를 동여매자 우리는 부지런히 노를 저었다.

스텁이 소리를 질렀다.

"부통 드 로즈호가 움직이기 시작한다! 등을 뒤에 바짝 대고 속력을 늦추지 마라!"

우리는 그의 지시에 따라 피쿼드호 쪽으로 방향을 돌렸다. 고마운 부통 드 로즈호가 시야에서 벗어나자 스텁은 노를 내려놓으라고 지시하였다.

"보트를 고래 가까이에 붙여라."

그가 로프를 손에 잡고 드라이 고래를 가까이로 끌어당기기 시작했다. 내가 항의했다.

"냄새가 너무 지독합니다."

그는 나를 바라보며 으르렁거렸다.

"참을 수 없거든 입으로 숨을 쉬어. 저 칼을 이리 줘."

드라이 고래는 이제 스텁의 손이 가죽에 닿을 만큼 가까이 있었다. 그가 칼로 고래의 꼬리 바로 뒷부분을 절개한 뒤, 어깨가 다 들어갈 정도로 손을 깊숙이 집어넣었다. 나는 두려움 속에서 그 모습을 지켜보았다.

그가 등 뒤에 있는 우리에게 큰 소리로 말했다.

"바로 이 주위에 있는 게 틀림없어."

그는 5분 동안이나 고래 뱃속을 뒤적거렸다. 악취는 점점 더 심해졌다. 마침내 그가 욕을 퍼붓기 시작했다.

나는 그가 곧 포기하리라고 생각했다. 그런데 어느 순간 향긋한 냄새가 공기 중의 악취와 섞이는 듯했다.

그가 의기양양하게 외쳤다.

"그러면 그렇지! 난 우리가 해낼 거라고 믿었어."

그가 밖으로 손을 꺼냈다. 오므린 양손에는 비누가 뭉개진 것 같은, 마치 치즈처럼 보이는 물질이 한가득 담겨 있었다.

스텁이 경멸하듯 말했다.

"모두들 잘 봐. 이게 용연향이라는 거야. 향수 만드는 사람에게 팔면 1그램당 1그램의 금을 받을 수 있지. 내게 자루 하나만 줘."

스텁은 고래 몸 안에서 이 값진 용연향을 여섯 번이나 더 퍼냈다. 그가 우리에게 말했다.

"용연향 때문에 고래가 병이 나서 죽는지, 아니면 고래의 병 때문에 용연향이 생기는지는 아무도 몰라. 어쨌든 이건 향수의 주요 성분으로 사용되지. 향수를 즐겨 사용하는 왕이나 왕비는 그 향수의 근원이 역겨운 냄새가 진동하는 고래의 썩은 뱃속이란 사실을 짐작조차 못할걸."

그때 뒷갑판에서 에이허브 선장이 으르렁대는 소리가 들렸다.

"스텁, 이제 돌아와. 바람이 불기 시작한단 말이야. 다시 항해를 시작해야지."

"망할 놈의 늙은이! 한두 번은 더 퍼낼 수 있는데. 나머지는 상어에게 남겨줄 수밖에 없겠다. 모두 돌아가자. 하지만 이것만은 잊지 마라. 바다를 모르는 부자가 거들먹거리면서 고래 사냥꾼이나 고래한테서 시궁창 썩는 냄새가 난다고 떠들 때, 그 사람의 귀 뒤에는 분명 용연향으로 만든 향수를 바르고 있을 거란 사실을 말이야."

스텁이 꿍얼거렸다.

제11장

새뮤얼 엔더비 호

에이허브 선장의 머릿속은 온통 모비 딕에 대한 생각 뿐이었다. 그는 매일 나침반대와 메인마스트 사이를 오가며 예의 날카로운 눈빛으로 수평선 너머를 쳐다보았다. 가끔 마스트 앞을 지날 때, 그의 단호한 시선은 메인 마스트에 박힌 스페인 금화 더블룬에 머물렀다.

스텁은 더블룬을 보면서 생각했다.

'저 금화는 이 배의 버팀목이야. 만약 저걸 떼어낸다면 이 배의 운명은 어떻게 될지 몰라. 하지만 눈에 거슬린단 말이야. 뭐든 마스트에 박혀 있으면 불길한 기운이 서리 니까. 아, 에이허브 선장. 징그러운 노인네! 최후의 심판 이 있는 날, 누군가 이 낡은 마스트를 물속에서 끌어올렸 을 때 저 금화를 보고 무슨 생각을 할까?'

우리가 일본 연안을 향해 순항하고 있을 때였다. 또 다른 고래잡이배 한 척이 눈에 들어왔다. 좌현에 나타난 그 배는 영국에서 온 새뮤얼 엔더비호였다. 그 배가 가까이 다가오자 에이허브 선장은 서둘러 전용 보트에 올라탔다. 그러고는 파도 너머로 소리를 질렀다.

"흰 고래를 보았는가?"

새뮤얼 엔더비호의 선장은 나이가 예순 살쯤 되어 보이는 영국인이었다. 파란색의 멋진 제복을 입고 있었는데 까무잡잡하게 탄 얼굴과 의젓한 풍채 때문인지 성격도 좋아 보였다.

그는 난데없이 향유고래의 뼈를 높이 들어 올리며 에이허브 선장에게 되물었다.

"이런 것을 본 적이 있습니까?"

자세히 보니 그것은 새뮤얼 엔더비호 선장의 팔이었다. 팔이 있어야 할 자리에 상앗빛 의수(義手)가 달려 있었고, 그 끝에는 손가락 대신 고래 뼈로 만든 옹이가 달려 있었다.

에이허브 선장이 말했다.

"스텁, 자네 부하들을 불러서 나를 저리로 데려가주게나."

우리는 그의 지시에 따라 고요한 바다 위로 노를 저었다. 우리 보트가 새뮤얼 엔더비호에 다다랐을 때, 나는 에이허브 선장이 배에 오르는 데 약간 문제가 있다는 사실을 깨달았다. 피쿼드호에는 그를 갑판으로 들어 올릴 수 있도록 나무 의자를 부착한 도르래가 있었지만, 새뮤얼 엔더비호에는 로프로 된 사다리만 배 옆에 달려 있었다. 웃음 띤 얼굴로 우리를 내려다보고 있던 영국인 선장은 무엇이 문제인지 금방 알아차렸다.

그가 곧 부하들에게 명령했다.

"고래의 지방을 절단할 때 쓰는 갈고리를 내리고, 부하 한 명을 내려보내서 저 선장을 돕게 하라."

잠시 뒤 커다란 갈고리가 우리에게로 내려왔다. 에이허브 선장은 성한 다리를 갈고리 안으로 넣었다. 나는 얼른 그쪽으로 가서 그가 위로 올라갈 수 있도록 도왔다.

에이허브 선장은 몸을 똑바로 세우자마자 큰 소리로 외쳤다.

"우리, 뼈끼리 악수합시다."

그는 상앗빛 다리를 번쩍 들어 올려 영국인 선장의 의수를 툭툭 건드렸다. 그러자 영국인 선장은 불쾌한 기색을 보이기는커녕 오히려 호탕하게 웃으며 그의 독특한 악수를 받아들였다. 뼈 악수를 반기는 게 분명했다.

에이허브 선장이 쇳소리로 물었다.

"그런데, 모비 딕을 본 게 언제입니까? 어디서였소?"

에이허브 선장의 물음에 영국인 선장은 하얀 팔을 들어 올려 바다를 가리켰다.

"지난 고래잡이 철이었습니다. 태평양의 적도선 즈음이었지요."

"그놈에게 팔을 잃었습니까?"

"그렇소. 그럼 당신도 그놈에게 다리를?"

에이허브 선장은 참을 수 없다는 듯이 그의 말을 낚아챘다.

"그 얘긴 나중에 하고, 당신 얘기부터 해주시오."

그가 쓴웃음을 지으며 말했다.

"그럽시다. 적도를 따라 첫 항해를 할 때였습니다. 잘생긴 향유고래 한 마리가 나타나기에 재빨리 작살을 던졌지요. 순간 내가 탄 보트의 로프가 팽팽하게 당겨지더군요. 그놈은 마치 사나운 야수 같았습니다. 서커스단의 말이 곡예사를 끌고 다니듯이 나를 이리저리 끌고 다녔죠. 그런데 그때 그놈보다 몸집이 두 배나 큰 고래가 바다 밑바닥에서 불쑥 튀어나왔습니다."

에이허브 선장은 눈을 동그랗게 뜨고 물었다.

"어떻게 생긴 놈이던가요?"

"머리는 우윳빛처럼 하얗고, 등허리의 군살이 쭈글쭈글한 놈이었습니다."

에이허브 선장의 눈이 반짝였다.

"아! 바로 그놈입니다. 그놈이 바로 모비 딕이요. 얘기
를 계속하시죠."

"오른쪽 지느러미 옆에 작살이 삐죽하니 밖으로 꽂혀
있었던 것이 기억납니다."

에이허브 선장이 그의 말을 끊었다.

"그건 내가 꽂은 작살이오. 그다음에는 어떻게 되었습
니까?"

영국인 선장은 쓴웃음을 지었다.

"나한테 기회를 주어야 말을 하지요. 당신이 몹시 궁금
해하는 그 흰 대가리와 흰 혹이 달린 늙어빠진 고래가 내
작살의 로프를 덥석 물더니 두 동강을 내버렸습니다. 그
러고는 물속으로 숨어버렸죠. 다른 고래들도 덩달아 도
망쳤고요. 결국 우리는 빈손만 남게 되었지요. 나는 부하
들에게 로프를 감아올리라고 명령했습니다. 그런데 너덜
너덜하게 닳은 로프의 끝 부분이 그놈의 이빨 사이에 걸
려 엉켜든 모양이었소. 그러나 이쪽에선 그런 것을 당장
에 알아차리지는 못했소. 그래서 나중에 밧줄을 끌어당
겼더니 그 순간 놈의 혹에 쾅 하고 부딪혔고 정작 고래는
꼬리를 흔들면서 바람이 불어오는 쪽으로 달아나버렸소.
사정을 알고 보니 덕분에 우리는 그놈의 하얀 등허리 위

163

에 올라탈 수 있었지요."

에이허브 선장이 혼잣말로 중얼거렸다.

"약아빠진 놈!"

"그놈은 내가 다 잡아놓은 고래를 빼앗아 가버렸어요. 내가 본 향유고래 중에서 가장 크고 잘생긴 놈이었죠. 그 놈을 기필코 잡으리라 마음먹었습니다. 그래서 곧장 옆에 있던 일등항해사의 보트로 건너가 작살을 움켜쥐고는 그 하얀 괴물의 가죽 깊숙이 찔러 넣었습니다.

바로 그 순간, 그놈이 성을 내며 몸부림치기 시작했습니다. 바닷물이 튀어 아무것도 안 보였지요. 내가 눈을 비벼 뜬 순간, 그놈의 꼬리가 내 머리 위로 솟구쳤다가 내 보트를 후려쳤습니다. 보트가 두 동강 나자, 그놈은 마치 우리를 부서뜨려 죽이기라도 할 것처럼 이리저리 도리깨질을 해댔습니다. 내가 던진 작살은 아직 그놈의 몸에 단단히 박혀 있었고요. 나는 그 작살을 꼭 잡고는 그놈 몸에 찰싹 달라붙었습니다. 그런데 그놈이 물속으로 잠수하면서 나를 흔들어 떼어버리지 않겠습니까? '이젠 정말 도망갔구나' 하는 순간, 내 몸이 파도 속으로 빨려 들어갔습니다.

그리고 얼마 후, 그놈의 옆구리에 삐져나와 있던 작살에 걸리고 말았지요. 날카로운 작살 끝이 순식간에 내 어깨를 꿰뚫었고, 나는 그놈의 뒤를 따라 점점 물 아래로 끌려 들어갔습니다. 금방이라도 폐가 터질 것 같았어요. 그 끔찍한 괴물을 따라 바다 속으로 하염없이 들어갈 수밖에 없다고 생각한 순간, 작살의 끝 부분이 내 팔을 따라 손목까지 미끄러져 나왔습니다."

그때 점잖아 보이는 신사 한 명이 뒷갑판 위로 올라오며 이렇게 말했다.

"정말 끔찍한 부상이었지요. 저는 그 당시 이분의 상처를 치료했던 의사입니다. 애써보았지만……."

그러자 영국인 선장이 참견을 했다.

"그때 럼주를 통째로 마시다시피 했습니다. 저 친구도 마찬가지였고요."

선장의 말에 의사는 언짢은 표정을 지으며 말했다.

"아닙니다, 저는 몇 주 동안 밤낮없이 선장님 옆에서 간호만 한걸요."

"술친구로 밤을 새웠지."

영국인 선장이 웃으면서 말하자 의사가 억울한 듯 대꾸했다.

"사실……, 저는 술을 못 먹는 사람입니다. 술이라고는 입에 대본 적도 없고……."

영국인 선장이 껄껄 웃으며 다시 끼어들었다.

"술이 아니라 물이겠지. 물에는 손도 안 대지, 럼주만

마시니까. 하지만 난 자네 기분을 상하게 하려는 게 아니야. 이제 그 얘기는 그만 끝내자고."

의사가 냉정하게 말했다.

"그러지요. 상처 부위가 90센티미터나 되었기 때문에 완전히 아물기를 기대할 수는 없었습니다. 색깔이 점차 검게 변하기 시작했을 때는 저로서도 어쩔 도리가 없었습니다. 하는 수 없이 팔을 잘라냈지요. 하지만 고래 뼈로 만든 이 의수는 저와 아무런 관련이 없습니다. 목수에게 의수를 제작해달라고 할 때, 손 대신 볼썽사나운 망치를 달아달라고 한 사람은 선장님이시거든요."

에이허브 선장은 두 영국인의 조롱이 지루해지기 시작했다.

"그러면 모비 딕은 어찌 되었습니까?"

영국인 선장이 대답했다.

"바닷속으로 사라졌지요. 나는 피투성이가 되어 배로 돌아왔어요. 모비 딕에 대한 얘기를 들은 것은 그로부터 한 달 뒤였습니다. 그때서야 내 팔을 물어 간 놈이 바로 그놈이란 걸 알았습니다."

"그 뒤에 본 적이 있습니까?"

"두 번 보았습니다."

에이허브 선장은 어리둥절한 표정으로 물었다.

"하지만 당신은 작살을 던질 수 없지 않습니까?"

영국인 선장이 나지막이 말했다.

"그러려고 하지도 않았습니다. 팔 하나 잃은 것으로 충분하지 않습니까? 잃은 팔을 되찾는다고 해도 아무 소용이 없으니까요. 남은 팔 하나마저 잃지는 않을 겁니다. 모비 딕과 더 이상 싸울 생각이 없습니다."

그는 머리를 끄떡이며 말을 이었다.

"그놈을 잡기만 한다면야 큰 영광이겠지요. 배를 하나 가득 채울 정도의 귀중한 향유가 그놈의 몸속에 들어 있다는 건 나도 잘 압니다. 그러나 그놈은 그냥 놔두는 게 가장 좋습니다. 그렇게 생각하지 않습니까?"

에이허브 선장의 다리를 흘끗 내려다보며 물었다. 에이허브 선장이 대답했다.

"그렇죠. 하지만 난 그래도 그놈을 잡아야 합니다. 그놈은 나에게 자석과도 같은 존재입니다. 나는 그놈이 이끄는 대로 지구 끝까지라도 쫓아갈 겁니다. 그놈을 마지막으로 본 게 언제입니까? 어디로 가고 있던가요?"

의사가 탄성을 질렀다.

"이런! 정말 열정이 대단한 분이군요. 피가 끓나 봅니다. 제가 한번 진찰해보겠습니다."

그는 에이허브 선장 옆으로 다가가 손목을 잡더니 맥

박을 잴 자세를 취했다. 에이허브 선장은 의사를 강하게 밀치며 큰 소리로 고함을 질렀다.

"그만둬! 이스마엘, 보트로 돌아가자. 선장, 그놈은 어디로 가고 있었습니까?"

영국인 선장은 놀란 얼굴로 나를 바라보며 말했다.

"아니, 이런! 도대체 왜 이럽니까? 모비 딕은 동쪽으로 가고 있었습니다. 이보시오, 아무래도 당신 선장은 미친 것 같군요."

에이허브 선장은 내려가겠다고 소리를 질렀다. 그들은 서둘러 선장을 우리 보트로 내려주었다. 소용없는 일이었지만, 영국인 선장은 넘실대는 파도 너머로 소리를 질렀다.

"그렇게 하지 마시오. 복수에는 위안이 없습니다. 더 큰 슬픔만이 기다릴 뿐이오!"

에이허브 선장은 그의 말을 애써 무시하려는 듯 우리가 노를 젓는 내내 꼿꼿이 서 있었다. 그는 새뮤얼 엔더비호를 등진 채 돌처럼 굳은 표정으로 정면을 뚫어져라 응시했다.

제12장

퀴퀘그의 관

마침내 우리는 남중국해의 진주처럼 부드러운 바다로 접어들었다. 우리의 목표는 변함없이 태평양의 적도 부근에 자리한 고래 어장이었다. 그곳은 에이허브 선장이 전에 모비 딕을 만났던 장소이자, 또다시 만나기를 기대하는 장소였다.

에이허브 선장은 망대에서 부지런히 바다를 살필 때가 아니면, 선장실에 틀어박혀 해도(海圖)를 연구했다. 어느 날 아침, 나는 선장실 밖의 비좁은 복도 바닥을 닦고 있었다. 그때 스타벅이 급히 내 옆을 지나갔다. 그의 얼굴에는 놀란 기색이 역력했다. 피쿼드호는 남서쪽으로부터 대만과 바사 군도에 접근하고 있었는데 그사이에 중국해에서 태평양으로 나가는 열대 해류의 출구가 하나 있었다.

스타벅은 선장실의 문을 두드렸다. 아무 대답이 없자,

그는 문을 열고 안으로 들어갔다. 나는 조금 열려 있는 문틈으로 안을 들여다보았다. 혹시라도 중요한 뉴스가 있을 경우, 그것을 앞갑판의 동료들에게 알리는 것 역시 나의 임무란 생각이 들어서였다.

나는 비밀 사원 같은 선장실 안을 재빨리 둘러보았다. 아담하면서도 별다른 특색이 없는 방이었다. 책꽂이 몇 개와 총기 보관대 하나 그리고 각종 과학 기기가 담긴 유리 진열장 하나가 일렬로 놓여 있었다. 한쪽 구석에는 에이허브 선장의 침대가 있었는데, 제대로 정돈되지 않아 시트가 잔뜩 구겨진 채 흩트려져 있었다. 마치 야생 동물이 자고 나온 자리 같았다.

나중에 스튜어드에게 살짝 물어보았더니, 선장은 깊은 잠을 자는 법이 없단다. 언제나 한두 시간 동안은 사나운 고래처럼 뒤척이며 몸부림치다가 벌떡 일어나 옷을 달라고 소리치곤 한다는 것이었다.

테이블 위에는 여러 장의 해도가 아무렇게나 펼쳐져 있었다. 그는 의족을 테이블에 대고 몸을 숙인 채 일본 연안이 상세하게 그려진 지도 위에 경로를 그리고 있었다. 기다리다 지친 스타벅이 헛기침을 하자 에이허브 선장이 소리를 버럭 질렀다.

"지금 바쁜 게 안 보이나?"

스타벅이 용기를 내서 말했다.

"선창의 기름이 새고 있습니다, 선장님. 기름통이 갈라지지 않도록 물로 나무거죽을 적시다가, 기름이 물과 섞인 것을 발견했습니다. 분명히 새는 데가 있습니다. 선창을 열고 기름통을 꺼내 일일이 확인해봐야겠습니다."

에이허브 선장은 해도를 주먹으로 내리치며 다시금 소리쳤다.

"선창을 연다고? 일본에 거의 다 왔는데 기름통을 확인하느라 일주일씩이나 허비하겠다는 말이야?"

"그렇게 하지 않으면 1년 넘게 고생해서 얻은 기름을 하루 만에 잃게 됩니다. 이 먼 곳까지 와서 힘들게 얻은 기름인 만큼 그만한 수고는 감수해야 합니다."

에이허브 선장은 언짢은 표정으로 해도를 뚫어지게 바라보며 대답했다.

"그놈을 잡는 일이라면 충분히 그럴 수 있지."

"선장님, 저는 선창에 있는 기름을 말하는 겁니다."

스타벅이 단도직입적으로 말하자, 에이허브 선장이 그의 말을 끊었다.

"하지만 나는 아니야. 이제 그만 갑판으로 돌아가봐. 기름이 새든 말든 그냥 놔두란 말이야."

스타벅이 난처한 표정으로 물었다.

"이 배의 선주들이 뭐라고 하겠습니까?"

"내가 그 사람들 걱정까지 해야 되나? 자네는 이 배의 선장인 나 에이허브만 신경 쓰면 돼. 알아들었으면 이제 그만 돌아가게."

"선장님, 지금 제 인내심의 한계를 시험하시는 겁니까?"

일등항해사의 얼굴이 분노와 실망으로 시뻘겋게 달아올랐다. 그러자 에이허브 선장이 허리를 곧추세우며 강압적인 태도로 물었다.

"지금 나한테 따지는 건가?"

"저는 이번 항해를 걱정하고 있는 겁니다. 제 역할에 최선을 다하려는 겁니다."

에이허브 선장은 벽 쪽의 총기 보관대에서 소총을 집어 들었다. 그리고 총구를 스타벅의 가슴께에 갖다 대며 씩씩거렸다.

"이 세상을 지배하는 자는 하느님 한 분뿐이다. 그리고 피쿼드호를 지배하는 자는 선장 한 사람뿐이다. 그러니 어서 갑판으로 돌아가라."

스타벅은 두 주먹을 불끈 쥔 채 끓어오르는 분노를 삭이려고 애썼다. 잠시 뒤 그는 갑판 쪽으로 발걸음을 돌리더니 갑자기 문 앞에 멈춰 섰다. 그리고 차분한 목소리로 말했다.

"선장님께 모욕감을 느끼지는 않았습니다. 하지만 많이 놀랐습니다. 저는 제 임무를 잘 알고 있습니다. 그래서 이 배에 대해 걱정하는 겁니다. 선장님께 한 가지만 더 말씀드리겠습니다. 일등항해사를 경계하지 말고 에이허브 선장을 경계하십시오. 선장님 자신을 경계하란 말입니다."

그는 내 옆을 지나 서둘러 복도를 빠져나갔다.

"에이허브 선장에게, 에이허브 선장을 경계하라고 했겠다. 핵심이 바로 그거였다!"

선장은 온몸을 부들부들 떨며 그렇게 중얼거렸다. 그러고는 잠시 선장실 안을 서성거리더니 갑자기 밖으로 나와 갑판으로 올라갔다. 나는 그의 뒤를 따라갔다.

에이허브 선장이 갑판 너머로 소리쳤다.

"스타벅! 내가 자네에게 한마디 하지. 자네는 너무 멋진 친구야. 늘 그게 문제야. 첫 번째 선창을 비우고 기름이 새는 원인이 무엇인지 확인해봐!"

나는 에이허브 선장이 부하들에게 선장의 임무를 다하지 못해 실제로 죄책감을 느꼈는지 그렇지 않은지는 알지 못한다. 그리고 그것이 일등항해사의 충성을 확인하기 위한 전략적인 결정이었는지도 모른다.

어쨌든 한 시간이 지나자 피쿼드호의 갑판은 통과 쇠

테, 목재 등속으로 가득 찼다. 사람들이 갑판 위를 뛰어 다닐 때마다 속이 텅 빈 나무에서와 같이 빈 선창에서 텅 텅 소리가 났다. 그리고 잔잔한 날씨에도 배가 심하게 출 렁였다. 폭풍이 불지 않는 것이 천만다행이었다. 폭풍이 라도 불면 금방 뒤집힐 정도로 배의 위쪽이 무거웠다.

선창 바닥의 통을 확인하는 임무는 불행히도 퀴퀘그 에게 주어졌다. 그렇게 질퍽거리는 진흙 바닥을 기어 다 니며 작업한다는 건 정말 끔찍한 일이었다. 하지만 퀴퀘 그는 자신의 임무를 묵묵히 수행했다. 몸에 새겨진 문신 때문에 그는 마치 우물 바닥에 쭈그리고 앉은 파란 도마 뱀처럼 보였다.

다행히 오래지 않아 기름이 새는 통을 찾아내었다. 우 리는 그 통을 갑판 위로 옮겨 수리했다. 그런데 음습한 곳에서 작업을 한 퀴퀘그는 그만 감기에 걸리고 말았다. 감기는 얼마 안 있어 열병으로 번졌다. 그는 해먹에 누운 채 며칠을 내리 끙끙 앓았다.

나는 가능한 한 자주 그의 곁에 있어 주었지만 기력은 하루가 다르게 떨어졌다. 문신이 새겨진 그의 피부 밖으 로 뼈가 튀어나오기 시작했다. 형형한 빛을 내뿜는 두 눈 만이 오직 그 열병에 굴복하기를 거부하고 있었다. 베개 에서 머리를 들 수도 없을 정도로 몸이 허약해졌지만, 그의 눈만은 점점 더 또렷이 빛났다.

그가 나에게 힘없는 목소리로 말했다.

"낸터킷에서는 고래잡이가 죽으면 카누처럼 생긴 긴 상자에 넣어주지."

처음에는 그 말의 뜻을 이해할 수 없었다. 그러나 곧 그가 말하는 상자가 '관'이라는 사실을 깨달았다.

그가 힘겹게 말을 이었다.

"우리 고향의 풍습이 생각나. 고향에서는 전사가 죽으면 그 시신을 카누에 넣어 바다로 띄워 보내. 바다 끝과 하늘이 만나는 곳으로 여행하도록 해주는 거지."

그는 나뭇가지처럼 앙상한 팔을 뻗어 내 손을 잡았다.

"부탁 하나만 할게. 난 상어 밥이 되고 싶지 않아. 카누를 하나 만들어주게."

나는 급히 선창으로 달려가 목수를 찾았다. 그리고 내 친구의 마지막 부탁을 남김없이 들려주었다. 반백의 늙은 목수는 내 말을 묵묵히 듣더니, 구석진 곳에서 단단하게 생긴 흑단(감나뭇과의 상록 교목) 널빤지 하나를 가져왔다. 그리고 곧장 퀴퀘그가 누운 곳으로 가서 키와 어깨 너비를 쟀다.

얼마 후 목수는 갑판 위의 작업대에서 망치질과 톱질을 하기 시작했다. 한두 시간쯤 지났을까. 그가 관을 어깨에 둘러메고 앞갑판으로 통하는 해치 앞에 모습을 드러냈다. 그리고 큰 소리로 물었다.

"벌써 관이 필요한 건가요?"

나는 화가 나서 소리를 질렀다.

"아직 아니야!"

그때 내 뒤에서 퀴퀘그의 가느다란 목소리가 들렸다.

"그걸 나에게 가져와요."

퀴퀘그는 자신과 나란히 놓인 관을 10분 가까이 뚫어지게 살펴보았다. 잠시 뒤 그가 중얼거렸다.

"내 작살은? 이스마엘, 부탁할게. 내 작살의 칼날 부분과 노 하나도 저 카누에 넣어줘. 건빵과 물병, 선창의 흙도 한 움큼 넣어주고."

모든 것이 준비되었다. 마침내 그는 자신을 관 안에 넣어 달라고 부탁했다.

"뚜껑을 닫아요."

관 뚜껑은 어깨가 뉘어진 부분에 경첩을 달아, 머리가 있는 위쪽 부분을 열어놓고 못질을 할 수 있게 만들어져 있었다. 퀴퀘그가 관 속에 드러누운 채 슬픈 눈으로 나를 빤히 올려다보았다.

그가 부탁했다.

"요조를 가져다 줘."

내가 요조를 건네주자, 그는 작은 우상 조각을 가슴 위에 세워놓았다. 우리는 한동안 서로를 말없이 바라보았다. 얼마 후, 그가 부드럽게 말했다.

"좋아."

나는 그를 다시 해먹으로 옮겨주었다.

퀴퀘그는 언제 찾아올지 모르는 죽음에 대해 만반의 준비를 했지만, 막상 관이 잘 맞는다는 사실을 확인하고 나자 마음이 달라진 듯했다.

어느 날 아침 그가 나에게 이렇게 말했다.

"난 아직 죽을 수 없어. 고향에 가서 꼭 해야 할 일이 떠올랐거든."

그래서 그런지 퀴퀘그의 얼굴에 조금씩 핏기가 돌아왔다. 피부도 전보다 훨씬 건강하게 보였다.

퀴퀘그의 변화를 보고 너무 놀란 나머지, 나는 그에게 이렇게 물었다.

"퀴퀘그, 자신이 살고 죽는 것을 정말로 선택할 수 있어?"

그가 웃으며 말했다.

"물론이지, 살고 싶다는 열망만 있다면. 질병 따위는 열망을 절대 이길 수 없거든."

퀴퀘그는 사흘가량 갑판 위에서 한가로이 지내고 나더니 눈에 띄게 건강이 좋아졌다. 나흘째 되던 날, 그는 팔다리를 쭉 펴고 일어나 하품을 하고는 머리를 가볍게 흔들었다.

그가 선언했다.

"이제 건강을 되찾았어."

그는 많은 사람을 죽음으로 몰고 가곤 하는 열대 지방의 열병을 떨치고 일어났다. 그의 건강은 일주일도 채 되지 않아 완전히 회복되었다. 목수가 만들어준 관은 다른 용도로 요긴하게 사용했다. 그것은 다름 아닌 옷장이었다. 그는 범포로 만든 포대 속에 있던 옷가지들을 거기에 옮겨 넣고 정돈했다.

제13장

대장장이

피쿼드호에는 목수 말고 대장장이도 있었다. 이름은 퍼치였다. 그는 몸집이 아주 크고 육중했다. 턱에는 굵은 수염이 아무렇게나 나 있었고, 살갗은 평생토록 뜨거운 쇳물을 다뤄서 그런지 물집과 상처로 뒤덮여 있었다.

그의 가마와 쇠모루는 메인마스트 바로 옆의 갑판에 단단히 고정되어 있었다. 그는 상어 가죽으로 만든 반들반들한 앞치마를 입고 하루 종일 활활 타오르는 석탄 주위를 맴돌았다.

마침내 피쿼드호가 미끄러지듯 태평양으로 접어들었다. 나는 갈라파고스 제도에서 미국 서부 해안까지 펼쳐진, 파란 물결이 만들어 내는 수천 가지 음영을 말없이 지켜보고 있었다. 정말 매혹적인 광경이었다. 그러나 에이허브 선장은 그것을 보고도 아무런 감동을 느끼지 못하는 듯했다. 무엇 때문인지 대장장이를 찾는 일에만 관심이 있었다.

선원들은 현장에 서서 태평양을 바라보며 지구의 대부분을 차지하는 파란 바닷물이, 군데군데 흩어져 있는 산호섬과 넓디넓은 대륙의 해안으로 흘러가는 것을 지켜보고 있었다. 에이허브 선장은 옆을 흘끗거리면서 악마처럼 두 입술을 깨물었다. 그러자 그의 이마에 선명한 주름이 생겨났다. 그에게는 자신의 적인 모비 딕의 영토, 그러니까 바다의 전쟁터 이외에는 아무것도 보이지 않는 것 같았다. 그는 겨드랑이에 작은 가죽 가방 하나를 끼고는 우리 곁을 빠르게 지나갔다.

그때 퍼치는 쇠모루에 시뻘겋게 단 쇳조각을 올려놓은 채 두드리고 있었다. 그가 쇳조각을 두드릴 때마다 망치에서는 불꽃이 튀었다.

에이허브 선장이 소리쳤다.

"퍼치! 자넨 늘 불꽃 사이에서 사는군. 그래도 데지도 않네? 어떻게 그럴 수가 있지?"

퍼치가 대답했다.

"이미 온몸이 다 그을려 있으니까요. 한 번 덴 자리는 좀처럼 화상을 입지 않는답니다."

에이허브 선장이 물었다.

"지금 뭘 만들고 있는 건가?"

"낡은 창끝을 용접하고 있습니다. 움푹 팬 곳이 있어서요."

"그걸 다시 매끈매끈하게 펼 수가 있나?"

퍼치가 고개를 끄덕이며 대답했다.

"물론입니다."

에이허브 선장은 능글맞은 표정으로 다시 물었다.

"아무리 단단한 쇠라도 매끄럽게 펼 수 있다고?"

"안 되는 게 하나 있긴 하죠."

에이허브 선장은 자신의 주름진 이마를 주먹으로 두드리며 말했다.

"그럼, 이걸 좀 봐주게. 성난 내 이마를 펴줄 수 있겠나? 자네가 이걸 곧게 펴줄 수 있다면 기꺼이 내 머리를 자네의 쇠모루에 맡기지. 내 두 눈 사이로 자네의 망치가 비 오듯 쏟아지는 광경을 보고 싶네."

퍼치가 딱하다는 표정으로 말했다.

"그게 바로 제가 고칠 수 없는 겁니다. 그래서 도와드릴 수가 없군요."

에이허브 선장이 가죽 가방을 흔들자 짤랑짤랑 소리가 났다. 동전이 가득 찬 것 같았다.

"내 이걸 줄 테니까 작살을 하나 만들어줘. 수천의 악

185

귀들이라도 빼낼 수 없는 그런 것 말일세. 날카롭고 단단한 놈으로 말이야. 그 야수의 옆구리를 찌를 수 있을 정도여야 해. 그놈 몸속에 있는 지느러미뼈를 뚫을 만큼의 것을 말일세. 이것이 재료일세."

퍼치는 호기심 어린 눈으로 가만히 물어보았다.

"선장님, 그 가방 안에 뭐가 들어 있는데요?"

"경주마의 편자 조각들이야."

퍼치가 깜짝 놀라 되물었다.

"말굽의 편자라고요? 대장장이가 가장 다루기 힘든 강한 재료가 바로 그겁니다."

에이허브 선장은 쉿소리를 내며 말했다.

"영감, 알고 있어. 먼저 이 조각들을 접착제를 바른 듯이 이어 붙여서 가느다란 대를 열두 개쯤 만들어. 그러고는 하나로 합쳐서 새끼줄처럼 꼬는 거야. 그리고 망치로 두드려 막대를 하나로 만들란 말이야. 그러면 절대 부러지지 않을 거야. 서두르자. 대신 불질은 내가 해주지."

퍼치는 선장의 지시에 따라 쇠를 두드려 펴는 일을 반복했다. 한참이 지난 뒤, 그는 마침내 열두 개의 가는 대를 만들었다. 에이허브 선장은 그것들을 하나하나 살펴본 후 조그만 흠이라도 발견되면 즉시 다시 만들라고 닦달했다. 나중에는 에이허브 선장이 직접 가는 대에 망치질을 했다. 퍼치는 그 대를 모두 가마에 넣고 뜨겁게 달궜다. 대가 하얗게 달궈지자 그것들을 꺼내어 쇠모루에 올려놓고 선장과 함께 다시 망치질을 해댔다.

어느덧 태양이 바다 속으로 잠기고 있었다. 나는 두 사람이 신이라도 들린 듯이 무섭게 일하는 모습을 마스트에서 바라보고 있었다. 그때 험상궂게 생긴 페달라가 어둠 속에서 나타났다. 그는 갑판 위를 살금살금 걸어가서 가마 옆에 멈춰 서더니 입술을 달싹거렸다. 저주를 퍼붓는 것 같기도 하고 축복을 비는 것 같기도 했다.

에이허브 선장이 올려다보자, 그는 조용히 어둠 속으로 모습을 감추었다. 에이허브 선장이 소리쳤다.

"이제 촉을 만들어야지. 퍼치, 최고급 강철로 만든 면도칼들이 여기 있네. 이것들을 녹여서 빙해의 진눈깨비처럼 매섭고 바늘처럼 날카로운 촉을 만들어주게."

퍼치가 불안한 듯이 물었다.

"선장님, 이 작살을 모비 딕에게 사용할 계획이지요?"

에이허브 선장이 주먹을 꽉 쥐며 으르렁거렸다.

"맞아. 그놈을 얇게 저밀 수 있는 촉을 만들어주게."

퍼치는 에이허브 선장이 시키는 대로 할 수밖에 없었다. 그는 화살촉처럼 생긴 커다란 날을 작살의 막대 끝에 붙였다.

"선장님, 물통 좀 이리 건네주세요. 담금질을 해야겠습니다."

에이허브 선장은 시뻘겋게 달궈진 대를 퍼치의 손에서 낚아채며 소리쳤다.

"안 돼. 보통 물로 내 작살의 세례식을 하고 싶지 않아. 이봐! 퀴퀘그, 대구, 그리고 태슈테고, 내 앞으로 나와. 이 교도인 자네들이 이 달궈진 촉을 흠뻑 적시기에 충분할 만큼의 피를 나에게 주면 어떻겠는가?"

세 사람은 고개를 끄덕이며 선장에게로 다가갔다. 그리고 자신들의 팔에 칼자국을 낸 다음 한 컵 가득히 피를 떨어뜨렸다. 에이허브 선장이 빨갛게 달군 쇠를 그 안에 담그자 피시식 소리가 나면서 연기가 피어올랐다.

에이허브 선장은 작살을 허공으로 들어 올리며 고래고래 악을 썼다.

"주의 이름으로가 아니라 악마의 이름으로 그대에게 세례를 주노라!"

그러고는 목수에게 명령했다.

"기다란 히코리 나무 막대와 견인용 로프를 가져오게."

에이허브 선장은 마스트와 뒷갑판의 윈치(밧줄이나 쇠사슬을 감았다 풀었다 함으로써 물건을 위아래로 옮기는 기계) 사이에 9미터 길이의 로프를 매었다. 우리는 그 모습을 물

188

끄러미 바라보고 있었는데, 모두가 도무지 믿기지 않는다는 듯한 표정이었다.

그는 로프를 최대한 팽팽하게 당겨서 닳은 데가 없는지 꼼꼼히 살펴보았다. 로프가 튼튼하다는 것을 확인하고, 한쪽 끝을 풀어서 작살을 꽂는 구멍 주위에 묶은 다음, 그 안에 나무 막대를 넣고 망치로 두드렸다. 쇠가 부러져서 벌어지지 않는 한 로프가 빠지는 일이 없도록 단단히 고정시키는 것이었다.

일을 모두 마친 그는 견인용 로프를 어깨에 둘러멘 채 자기 방으로 걸어 들어갔다. 고래 뼈로 만든 다리와 히코리 나무 막대 소리가 갑판을 지나 바다 깊숙이 울려 퍼졌다.

그러자 한 선원이 그런 소리는 바닷속 수백 미터까지 퍼져 나간다고 말했다. 나는 의기양양하게 걸어가는 선장의 뒷모습을 보면서, 모비 딕도 그 소리를 들었으리라 생각했다.

제14장

네 가지 예언

일본 해역의 심장부를 향해 깊이깊이 들어가면서, 피쿼드호는 고래잡이로 무척 바빠졌다. 나는 평생 그렇게 열심히 일해본 적이 없었다. 하루에도 서너 번씩 보트를 타고 나가 여러 시간 동안 노를 저었다. 나중에는 손가락을 펼 수 없을 만큼 손마디가 뻣뻣해졌다. 그러나 그 노고에 대한 보상은 받지 못했다.

아주 큰 고래가 잡히는 날이면 바다 위에서 한참 동안 끌려 다니기도 했다. 선원들은 이런 경우를 '낸터킷 썰매 타기'라고 불렀다. 어떤 고래는 우리가 완전히 녹초가 될 때까지, 본선에서 2, 3킬로미터씩이나 끌고 가는 경우도 있었다. 그럴 때는 다들 노걸이를 움켜쥐고 썰매 타기를 즐기려고 노력하는 수밖에 없었다. 죽은 고래를 끌고 되돌아오는 데 반나절 이상이 걸릴 때도 있었다. 우리는 항상 체인을 감아서 고래를 배에 단단히 묶은 뒤에야 해먹에 올라가 휴식을 취할 수 있었다.

어떤 놈은 작살을 맞고도 물속으로 쏜살같이 도망을 쳤다. 이런 고래는 꼬리를 하늘 높이 치켜세웠다가 곧바로 잠수하는데, 그 속도가 얼마나 빠른지 로프가 풀리면서 연기가 날 정도였다.

그럴 때 선원들은 로프가 풀려나가는 정도를 살피면서 더 연결할지 말지를 결정해야 했다. 우리는 대개 로프를 딱 두 통씩 싣고 다녔는데, 네댓 타래밖에 남지 않을 때까지 아주 깊이 잠수하는 고래도 있었다.

항해사는 최후의 순간이 오면 로프를 끊을 각오로 로프 위에 도끼를 대고 기다렸다. 팽팽한 로프를 도끼로 끊으면 갑자기 느슨해진 장력 때문에 로프가 용골(선박 바닥의 중앙을 받치는 길고 큰 재목) 위에서 날아다니듯이 춤을 췄다. 고래가 다시 수면 위로 나타나기를 기다리는 동안 땀이 등골을 타고 줄줄 흘러내렸다.

그러나 태평양의 아름다운 정경은 우리가 매일 맞닥뜨리는 위험을 보상하기에 충분했다. 아침이면 태양이 바다 위에 금빛 햇살을 비췄다. 파도는 여름의 대초원처럼 푸르게 일렁였다. 찰랑이는 물마루는 마치 미풍에 한들거리는 풀밭처럼 보였다.

이 풍요로운 바다에서 다른 배들은 이미 선창에 기름을 가득 채우고 고향으로 돌아가고 있었다. 반면에 우리는 태평양 깊숙이, 모비 딕의 소굴로 길을 재촉했다. 그때 낸터킷에서 출항했던 고래잡이배 배철러호가 순풍을 타고 우리 곁을 지나갔다. 그 배는 고향으로 돌아가는 중이었다.

배철러호가 모습을 드러내기 전에 드럼 소리와 노랫소리가 먼저 바람에 실려 왔다. 그 배의 선원 세 명은 높다란 삭구 더미 위에 올라가 고래 뼈로 만든 바이올린을 연주하고 있었다. 다른 선원들은 작살 손잡이로 고래 가죽을 씌운 삼각대를 박자에 아랑곳하지 않고 두드려댔다.

배가 점점 더 가까워지자, 수많은 깃발이 색색으로 휘날리는 것이 보였다. 배철러호의 마스트가 근사하게 장식된 크리스마스트리처럼 보이도록, 선원들 가운데 누군가가 신호용 깃발과 국기를 수북이 걸어놓은 것 같았다. 거기에는 기름을 가득 채운 통과 병도 걸려 있었다.

나중에 들은 이야기에 따르면, 배철러호는 기름을 저장할 통이 모자라 다른 배에서 급하게 기름통을 사들일 정도로 고래를 많이 잡은 모양이었다. 심지어는 사물함까지 뱃밥(배에 물이 새어 들지 못하게 틈을 메우는 물건)을 채우고 타르를 칠해서 방수 처리를 한 후, 고래에서 뽑아낸

값비싼 기름으로 가득 채웠다는 것이다. 남아 있던 목재 역시 모두 통을 만드는 데 사용했으며, 나중에는 선장의 식탁까지 부수어 통을 만들었다고 했다. 그 뒤부터 선장은 기름통을 뒤집어놓은 다음, 그 위에 식탁보를 씌워 식사를 했다나.

삭구 근처에서는 선원들이 모여 럼주를 들이키며 노래를 부르고 있었고, 항해사들과 작살꾼들은 항해 중에 눈이 맞아 함께 도망쳐 나온 폴리네시아 아가씨들과 갑판 위에서 춤을 추고 있었다.

배철러호의 선장은 뒷갑판에 홀로 서서 기뻐하는 부하들을 흐뭇한 표정으로 내려다보며 자축 행사를 즐기고 있었다. 선장은 환하게 웃으며 에이허브 선장에게 소리쳤다.

"이리 건너오세요. 내 방에 좋은 와인이 한 병 있습니다. 이 배에서 향유가 담기지 않은 병은 그것뿐입니다."

에이허브 선장은 그의 초대를 들은 척도 하지 않고 큰 소리로 이렇게 외쳤다.

"모비 딕을 보았습니까?"

그가 대답했다.

"아니요, 얘기로밖에 들어본 적이 없습니다. 난 모비 딕의 존재를 믿지 않습니다."

에이허브 선장은 불쾌하다는 듯이 소리쳤다.

"대단한 자신감이시군요. 가던 길이나 갑시다."

그가 다시 권했다.

"이리로 오세요. 그럼 곧 화가 풀리실 겁니다."

"싫습니다. 당신 배는 만선으로 고향에 돌아가는 길이고, 텅 빈 내 배는 고래를 잡으러 가는 길이니, 각자 갈 길을 가지요. 스타벅, 동쪽으로 배를 돌려라."

그렇게 피쿼드호와 배첼러 호가 헤어지는 동안, 피쿼드호의 선원들은 신이 난 배철러호를 부러운 듯이 계속 바라보았다.

행운이 있는 사람들과 시간을 보내다 보면, 그들의 행운이 일부나마 당신에게 굴러 들어오는 일이 가끔 있다. 배철러호를 만난 바로 그다음 날, 우리는 고래 떼를 발견했다. 그리고 그중 네 마리를 잡았다. 보트 한 척에 한 마리 꼴이었다.

첫 번째 고래 떼를 목격했을 때, 나는 경계 임무를 맡고 있었다. 스타벅은 할 수 없이 다른 선원 한 명을 나 대신 데리고 갔다. 그러나 잠시 후, 더욱 많은 고래 떼가 나타나자 에이허브 선장은 나더러 삭구 더미에서 내려오라고 명령하였다. 나는 서둘러 아래로 내려와 선장의 보트를 탔다.

우리가 추적한 고래는 날이 저물어가고 있는데도 발

버둥을 멈추지 않았다. 고래가 마지막 요동을 멈췄을 때는 이미 사방이 어두워져서 본선을 찾을 수가 없었다. 에이허브 선장은 고래의 등에 손전등을 올려놓은 다음 보트 옆에 고래를 묶었다.

그는 무거운 코트를 귀밑까지 끌어올리고는 보트 앞머리에 등을 기대며 작게 말했다.

"날이 밝으면 찾을 수 있어."

나는 잠시라도 눈을 붙여보려 했지만, 널빤지로 된 보트 바닥에 등이 배겨서 쉽사리 잠이 오지 않았다. 더군다나 그날 오후에는 깜빡 잊고 모자를 챙기지 않았기 때문에 얼굴이 햇볕에 그을려서 몹시 가려웠다. 나는 바닷물로나마 얼굴을 대충 닦으려고 보트 옆으로 몸을 기울였다. 그러자 물속으로 상어 한 마리가 유유히 지나가는 것이 보였다. 상어의 희미한 가죽이 손전등의 깜빡이는 불빛 속에서 유령처럼 흔들렸다. 곧이어 죽은 고래를 뜯어 먹고 있는 상어 떼의 모습이 보였다.

그러고 보니 깨어 있는 사람은 나뿐이 아니었다. 페달라는 팔짱을 끼고 서서 먹이를 뜯고 있는 상어들을 물끄러미 바라보고 있었다. 상어 꼬리가 보트의 얇은 판자를 찰싹 하고 건드렸다. 에이허브 선장은 갑자기 머리를 들더니 깜짝 놀란 듯 신음 소리를 냈다.

그가 희미한 목소리로 말했다.

"또 그 꿈을 꾸었군."

페달라는 여전히 시선을 바다에 둔 채 물었다.

"영구차 말인가요? 선장님, 선장님께서는 영구차나 관이 필요 없을 거라고 이미 말씀드렸잖아요."

에이허브 선장은 혼잣말로 중얼거렸다.

"그래. 나는 바다에서 죽을 거야. 물에서 죽은 놈이 영구차를 탈 리가 없지."

페달라는 상어의 날카로운 주둥이에서 시선을 떼지 않고 다시 말했다.

"하지만 돌아가시기 전에 반드시 파도 위에 두 개의 관이 뜨는 광경을 볼 겁니다. 하나는 인간의 손으로 만든 게 아닐 거예요. 대신 다른 하나는 선장님의 고국에서 자란 나무로 만든 것일 테지요. 선장님께서 믿든 안 믿든 그것들을 보시기 전에는 돌아가시지 않을 겁니다."

에이허브 선장은 그 말을 듣고 마음을 푹 놓는 듯했다.

"이상한 예언도 다 있구나. 그런데 과연 그런 기이한 광경을 볼 수 있을까?"

"선장님이 원하는 것을 믿으세요. 그걸 볼 때까지는 돌아가시면 안 됩니다."

에이허브 선장이 물었다.

"또 뭐가 있나? 다른 예시는 없었나?"

페달라가 대답했다.

"제가 선장님보다 먼저 죽을 겁니다."

에이허브 선장은 두려움으로 두 눈을 크게 뜨고 물었다.

"자네는 자기 죽음도 미리 보았다는 뜻인가?"

"제가 죽은 뒤에 반드시 선장님 앞에 나타나서 뱃길을 안내할 겁니다."

에이허브 선장은 흥분하여 두 손을 마주치며 소리 질렀다.

"하지만 어떻게 그런 일이 있을 수 있어? 바다는 바다에서 죽은 자를 절대 포기하지 않아. 자네 말이 옳다면, 나는 분명 뭍에서 죽게 될 거야. 결국 어떤 고래도 날 죽일 수 없다는 뜻이지."

페달라는 흔들림 없는 목소리로 이렇게 말했다.

"삼밧줄만이 선장님을 죽일 수 있습니다."

"교수대의 로프 말인가? 그렇다면 난 절대 죽지 않아."

에이허브 선장은 껄껄 웃으며 말을 이었다.

"뭍에서나 물에서나 난 절대 죽지 않아."

짧은 대화를 마친 뒤, 두 사람은 입을 다물었다. 손전등의 으스스한 불빛 속에 비친 그들의 모습은 거대한 홍수가 휩쓸고 간 자리에 함께 남은 초췌한 생존자의 모습과 흡사했다. 나는 짐짓 잠든 시늉을 했다.

날이 밝자 우리는 보트 바닥에서 졸고 있던 선원들도 일어났으며 정오쯤엔 이윽고 죽은 고래를 배로 끌고 왔다.

제15장

태풍

세상에서 가장 아름다운 것이 가장 잔인한 것일 수도 있다. 날씨가 화창한 날에는 태평양만큼 고요하고 잔잔한 바다가 없다. 그러나 이 나긋나긋한 바다가 세상에서 가장 거센 폭풍, 즉 태풍의 원천이 되기도 한다. 구름 한 점 없는 하늘에서도 태풍이 일면 순식간에 넓은 바다 위에 폭탄이 터진 것과 같은 폭발이 일어날 수도 있다.

　나는 피쿼드호의 주갑판에 서서 하늘이 변하는 모습을 지켜보았다. 새파란 하늘이 갑자기 초록색으로 변하더니 다시 갈색으로, 또다시 검정색으로 변했다. 아직 이른 오후 시간인데도 태양빛이 하늘거리는가 싶더니 이내 사라져버리고 바다가 부풀어 오르며 물거품이 일기 시작했다. 꼭 무슨 일이 일어날 것만 같은 불길한 징조였다.

바로 그때였다. 번개가 순식간에 하늘을 가르더니 연이어 탕 하는 소리가 크게 울려 퍼졌다. 하늘이 두 쪽이라도 나는 듯한 굉음이었다.

스텁이 고함을 질렀다.

"아래에 있는 보트들을 로프로 묶어!"

나는 보트를 안전하게 묶는 일을 돕기 위해 잽싸게 달려나갔다. 그러나 로프를 채 동여매기도 전에 거센 바람이 피쿼드호의 이물을 강타했다. 우리는 중심을 잃고 쓰러졌다. 그 바람에 보트가 뒤집어지더니 배의 난간에 세게 부딪혔다.

스타벅이 삭구 더미 주위에 있던 선원들에게 소리를 질렀다.

"거기 서둘러! 돛을 접으란 말이야."

그러나 이미 때를 놓친 뒤였다. 나는 밤하늘처럼 칠흑같이 어두워진 하늘을 올려다보았다. 어느 마스트에선가 떨어져 나간 큰 돛 하나가 물결을 따라 이리저리 펄럭거렸다. 다른 마스트의 돛들도 거의 떨어져 나가고 없었다. 돛이 있던 자리에는 몇 개의 넝마 조각만이 볼품없이 펄럭이고 있었다.

일등항해사가 나에게 소리쳤다.

"저 보트를 챙기란 말이야!"

나는 얼른 몸을 날려 흔들리는 보트의 몸체를 가까스로 갈고리에 묶었다. 그러고는 다른 선원들을 돕기 위해 갑판을 가로질러 달려갔다. 우리는 뒤쪽 갑판에 미리 매달아 둔 에이허브 선장의 보트를 제외한 나머지 보트들을 로프로 꽁꽁 동여맸다. 그렇게 두면 안전하리라 생각했다. 그러나 거대한 파도가 피쿼드호의 측면으로 돌진하더니 매달아놓은 에이허브 선장의 보트를 덮쳤다. 그 보트의 바닥에는 어른이 기어들어갈 수 있을 정도의 커다란 구멍이 생겼다.

스타벅이 스텁에게 소리쳤다.

"이 폭풍이 어느 쪽에서 불어오는지 아나? 선장이 그 망할 놈의 모비 딕을 잡기 위해 뱃머리를 돌리라고 했던 방향과 같단 말이야."

그러자 스텁이 대답했다.

"그건 너무 비관적인 생각이에요. 사소한 일 하나하나에 불길한 의미를 부여하고 있잖아요."

"하지만 가장 큰 파도가 우리를 덮친 곳이 어디인지 잘 봐보라고. 선장이 있는 바로 그 자리란 말이야. 나는 이 바람이 차라리 우리를 낸터킷으로 날려 보내줬으면 좋겠어."

하늘은 점점 더 어두워졌다. 한 치 앞을 제대로 분간하기가 힘들 정도였다. 파도가 내뿜는 시커먼 물보라와 사방에 짙게 깔린 암흑 속에서 번개가 칠 때야 나는 내가 어디로 가고 있는지를 알 수 있었다.

번개가 흰색 포크 모양으로 갑판에 섬광을 일으키는 바로 그 순간, 나는 에이허브 선장이 배의 난간을 더듬으며 계선공(繫船孔) 쪽으로 가는 것을 보았다.

스타벅이 갑자기 자신의 임무를 깨달은 듯 큰 소리로 외쳤다.

"로드! 로드를 물속에 던졌나?"

교회나 성당의 높은 건물 꼭대기에 설치된 피뢰침은 벼락의 힘을 분산시키기 위해 도선으로 땅속까지 연결되어 있다. 배에도 피뢰침과 비슷한 장치인 로드가 체인으로 연결되어 있다. 메인마스트에 달린 로드는 체인의 한쪽 끝에 고정되어 있으며, 다른 한쪽 끝은 물속에 집어넣도록 되어 있다. 그러나 체인을 물속에 넣을 때는 선체의 어느 부분에도 닿지 않도록 주의하며 아주 깊숙이 집어넣어야 한다. 그런데 이렇게 하면 물에 상당한 저항이 발생하여 맑은 날씨일 때는 보통 갑판에 놓아둔다. 그러다가 폭풍우가 일면 배 밖으로 던지는 것이다.

에이허브 선장이 바람에 대고 소리를 질러댔다.

"망할 놈의 로드! 나 에이허브는 이 정도 폭풍쯤은 조금도 겁나지 않아. 스타벅, 명심해라. 우리는 반드시 이 폭풍을 뚫고 나갈 것이다."

그러나 스타벅은 선장의 말에 귀를 기울이지 않았다. 그는 돛을 지탱하고 있는 마스트와 활대의 양쪽 끝을 뚫어지게 바라보고 있었다.

나는 스텁이 공포 속에서 절규하는 소리를 들었다.

"우리에게 자비를 베푸소서. 마스트가 모두 화염에 휩싸였습니다."

다른 선원들은 자기 자리에서 꼼짝 않고 침묵을 지키고 있었다. 배의 꼭대기에 유령이 나타나 우리를 홀리고 있는 것만 같아서 새삼 두려움이 일었다. 바다에서 침몰한 배의 유령이 나타난다는 얘기를 들은 적은 있지만, 그것이 사실이라고 믿어본 적은 없었다.

그것은 사실 선원들의 수호성인 세인트 엘모의 이름에서 유래한 세인트 엘모의 불(폭풍이 몰아치는 밤에 마스트나 피뢰침 등에 나타나는 코로나 방전 현상)이었다. 나는 왠지 그것이 우리 배 주위에서 소용돌이치는 이상한 기운과 관련이 있을 것만 같았다. 악마의 손길이 피쿼드호 위로 살그머니 다가와 우리를 집어삼키는 것쯤은 그리 어려운 일이 아닐 듯했다.

순식간이었다. 나타날 때와 똑같이 백열의 불꽃이 한순간에 마스트에서 자취를 감췄다. 선원들은 경이로움에 사로잡힌 채 서로를 빤히 쳐다보았다.

스타벅이 갑판을 가로질러 이등항해사인 스텁이 있는 쪽으로 다가갔다.

"스텁, 지금도 내가 헛것을 보고 있다고 생각하나? 나는 자네가 울면서 용서를 비는 소리를 들었어."

스텁은 애써 자신의 두려움을 숨기며 대답했다.

"아니요, 그렇지 않습니다. 저는 불의 자비를 빌었습니다. 마스트를 보는데 세 개의 거대한 촛불이 떠올랐습니다. 저는 그것이 분명 좋은 징조일 거라고 생각했습니다. 기름이 마스트에까지 스며들어 촛불을 밝힐 정도로 많은 기름이 배 안에 가득 찰 겁니다."

스타벅은 그와 말싸움을 할 작정이었다. 그러나 희미하던 그의 얼굴이 어둠 속에서 점점 환해지고 있었다. 마스트가 다시 타기 시작했는데, 조금 전보다 두 배나 밝았다.

스텁은 비명을 지르며 얼른 무릎을 꿇었다.

"하느님, 우리를 굽어 살피소서!"

드디어 모든 선원이 메인마스트 주위에 모여들었다. 그들은 반짝이는 스페인 금화와 활대 양쪽 끝의 작열하는 불 아래에서 왁자지껄 떠들어댔다. 그러나 그들의 눈빛에는 하나같이 불안감이 서려 있었다.

에이허브 선장이 선원들 사이사이로 걸음을 옮기며

말했다.

"이봐! 저 불을 주의 깊게 살펴봐. 하얀 불꽃은 우리에게 하얀 고래, 즉 모비 딕에게 가는 길을 안내해주는 거라고. 로드를 이리 줘!"

그가 갑판에서 로드를 집어 들었다. 오른손으로는 마스트에 연결된 부위를 잡고, 왼손으로는 바다에 던지는 부위를 잡고 있었다.

그가 머리 위의 마스트를 도전적인 눈빛으로 쳐다보았다.

"불이여, 내 말을 들으라. 나는 이미 그대의 숨소리를 들은 적이 있다. 그리고 그 상처를 아직도 갖고 있다."

나는 무시무시한 불길 속에서, 그의 얼굴 한쪽에 은색 선이 씰룩이는 것을 보았다.

에이허브 선장은 악을 쓰며 말했다.

"그대는 결코 나를 파멸시키지 못할 것이다. 나는 인간으로서 그대에게 도전장을 내미노라. 그러니 이 에이허브를 따르라!"

우리의 머리 위로 번개가 치고 불길의 높이가 두 배로 커졌다. 그럴수록 에이허브 선장의 분노는 더욱 커져만 갔다.

"인간은 어떤 번개보다도 더 위대하다. 어떤 폭풍이나

어떤 자연의 폭력보다도 더 힘이 세다. 그러니 그대는 나를 불사르지 못할 것이다. 오랜 세월 깊이 드리워진 나의 어둠으로 그대를 가릴 것이다."

스타벅이 소리쳤다.

"보트를 보세요! 선장님, 선장님 보트를 보세요!"

대장장이 퍼치가 에이허브 선장을 위해 만든 작살은 그의 보트 기둥에 그대로 묶여 있었다. 그러나 촉을 보호하는 가죽 덮개는 파도가 보트의 널빤지를 때리는 바람에 이미 찢어진 상태였다. 작살 촉이 여러 겹의 하얀 불꽃에 휩싸여 반짝이고 있었다.

스타벅이 에이허브 선장의 팔을 움켜잡고 외쳤다.

"하느님은 당신 편이 아닙니다. 우리의 항해가 저주받고 있습니다. 아직도 모르시겠습니까? 어서 새 돛을 달고 고향으로 돌아갑시다. 그리고 다시 시작합시다. 우리는 이보다 더 나은 항해를 시작할 수 있습니다."

스타벅의 말에 두려움을 느낀 선원들이 현장으로 우르르 달려갔다. 그들은 그의 지시를 듣기 위해 당장이라도 삭구 더미로 올라갈 태세를 취했다.

에이허브 선장이 호통을 쳤다.

"다들 있던 자리에 그대로 있어. 로프에 가장 먼저 손을 대는 놈은 이 작살 촉의 맛을 볼 것이다."

그는 로드를 내려놓고 뜨겁게 달궈진 작살을 낚아채어 들었다. 그러고는 작살을 선원들의 얼굴 바로 밑에 대고 흔들며 그들을 메인마스트 쪽으로 몰아갔다.

그는 우리를 큰 소리로 꾸짖었다.

"자네들 모두 모비 딕을 잡겠다고 맹세했어. 그러니까 나나 자네들이나 모두 그 맹세를 지켜야 할 의무가 있는 거야. 어느 누구라도 내 결의를 의심하는 자가 있다면……"

그가 뜨거운 작살 촉을 천천히 자기 얼굴로 가져갔다. 그의 뺨에서 하얀 연기와 함께 치지직 하는 소리가 들리더니 이내 불꽃이 사그라졌다. 선원들은 비명을 지르며 사방으로 도망치기 시작했다. 끔찍하기 그지없는 광경에 모두가 공포심을 느끼고 있었다.

우리는 꼬박 이틀 밤낮을 태풍과 맞서 싸웠다. 선원들은 딱히 할 일이 없어지자 삼삼오오 모여서 에이허브 선장에게 그간 무슨 일이 있었는지 수군거렸다. 그의 돌발적인 행동이 모두의 간담을 서늘하게 했기 때문이었다.

그러나 플래스크는 배가 번개에 직접 맞지 않는 한 누구라도 로드를 움켜쥐는 것이 가능하다고 주장했다. 또 다른 선원은 선장이 뺨에 작살을 대는 순간 불꽃을 생성

하고 있던 에너지가 깨지고 말았다고 확신에 차서 말했다. 그는 그것이 과학적 속임수에 지나지 않는다는 점을 우리에게 확인시켜주고 싶은 듯했다. 우리는 그 이상한 일들에 대한 갖가지 유치한 이야기를 아무런 거리낌 없이 받아들였다.

마침내 우리가 사나운 날씨와 거친 바다에서 벗어났을 때에는 이미 적도선 근처까지 가 있었다. 눈보라 치는 낸터킷을 떠난 이후로 줄곧 목표로 삼고 있던 곳이었다. 우리는 태평양의 망망대해에서 또 무슨 일이 벌어질지 몰라 언제나 신경을 바짝 곤두세우고 있었다.

그러던 어느 날이었다. 동이 트기 몇 시간 전, 우리는 암초가 많은 지역을 지나가고 있었다. 그때 불침번을 서던 선원이 파도를 가르며 울려 퍼지는 어떤 소리, 즉 고음의 새된 울음소리에 깜짝 놀라 비명을 질렀다. 몇몇 사람들은 인어들이 바위 위에서 기지개를 켜는 소리일 거라고 했지만, 피쿼드호에서 가장 나이가 많은 맨 섬 출신의 선원은 그 거칠고 오싹한 소리가 바다에 빠져 죽은 지얼마 안 된 자들의 영혼이 내는 신음 소리라고 주장했다.

에이허브 선장은 이른 새벽에 갑판으로 올라왔다가이 얘기를 듣고는 껄껄 웃었다.

"별것도 아닌 일로 호들갑을 떠는군. 그건 단지 바다표범이 내는 소리야."

그러고는 그 이상한 현상에 대해 이렇게 덧붙였다. 그의 말에 따르면, 암초가 많은 이 지역은 바다표범들의 서식지로, 어미를 잃은 어린 바다표범이나 새끼를 잃은 어미가 배를 따라오며 사람의 목소리와 비슷한 울음소리를 낸다는 것이었다.

그의 말은 선원들을 더욱 불안하게 만들었다. 대부분의 뱃사람은 바다표범에 대한 미신을 믿었기 때문이다. 왜냐하면 바다표범들은 이상한 소리를 낼 뿐만 아니라 그 모습이 사람과 아주 비슷해서 불길한 징조로 받아들였던 것이다.

그로부터 한 시간 뒤, 삭구 더미 쪽에서 외마디 소리가 들렸다. 그때 마침 나는 밖에 있다가 선원 한 명이 망대에서 30여 미터 아래로 떨어져 바다 속으로 빨려 들어가는 광경을 목격했다. 밀려드는 졸음 때문에 배의 흔들림에 보조를 맞추지 못한 모양이었다.

스텁이 고물에서 뛰어나와 구명부표를 던졌다. 보트가 도착할 때까지 물에 빠진 사람을 물 위에 떠 있게 하는 속이 빈 통이었다. 그러나 구명부표를 열대의 태양 속에 오랫동안 매달아 두었기 때문에 나무가 바싹 말라 오그라들 대로 오그라든 상태였다. 부표는 바다에 떨어지자

마자 가라앉았다. 결국 물에 빠진 선원은 부표와 함께 바다 속으로 사라져버렸다.

스텁이 심각한 얼굴로 말했다.

"그 소리의 의미는 바로 이거였어. 이 친구의 죽음을 알리는 징조였다고."

그러자 맨 섬 출신의 선원이 말했다.

"아니야, 그건 다른 사람의 몫이야."

에이허브 선장은 항해사들에게 잃어버린 구명부표 대신 새것을 하나 만들라고 지시하였다. 그러나 남은 목재는 모두 태풍에 부서진 보트를 수리하는 데 써야 했다. 퀴퀘그가 그들이 빈 통을 찾고 있다는 소리를 듣고는 자기 관을 내놓았다.

"관으로 구명부표를 만들라고?"

스타벅이 대번에 쐐기를 박으려 하자, 스텁이 기가 차다는 표정으로 물었다.

"관이면 어때요? 뱃밥으로 메우면 물이 스며들지 않아요."

스타벅이 혀를 끌끌 찼다.

"그래, 그 수밖에 없겠지."

그가 목수를 불러 관 뚜껑을 닫고 못질을 한 다음 뱃밥으로 안을 메우라는 지시를 내렸다. 목수는 어깨를 으

쓱하더니 그 관을 로프 통 위에 올려놓고 균형을 맞췄다.

목수의 망치질 소리에 마음이 산란해진 선장은 화가 난 표정으로 선장실에서 나와 갑판 위로 올라왔다. 그러나 로프 통 위에 그 관이 똑바로 놓여 있는 것을 보고는 머리를 흔들며 되돌아가버렸다.

제16장

피쿼드 호, 레이첼 호를 만나다

얼마 뒤 레이첼호라는 커다란 배가 똑바로 피쿼드호를 향해서 다가오고 있는 것을 보았는데 모든 돛의 활대에는 사람들이 가득 매달려 있었다.

맨 섬 출신의 선원이 혼잣말을 했다.

"좋지 않은 소식을 가지고 온 거야. 곧 알게 되겠지."

뒷갑판에 있던 에이허브 선장이 그 배를 향해 큰 소리로 외쳤다.

"모비 딕을 보았소?"

곧이어 대답이 왔다.

"그렇소. 어제 보았소. 당신들은 혹시 표류하는 보트를 보았습니까?"

치밀어 오르는 기쁨을 누르면서 에이허브는 그 뜻하지 않은 질문에 보지 못했다고 답했다. 모비 딕을 보았다는 말에 에이허브 선장의 얼굴에 화색이 돌았다. 그가 레이첼호로 가려고 부하들에게 막 지시를 내리려는 찰나, 그 배의 선장이 보트를 내리는 모습이 보였다. 잠시 뒤, 그가 우리 배 옆에 달린 로프 사다리를 타고 올라왔다.

에이허브 선장은 레이첼호의 선장을 단박에 알아보았다. 그는 오래전부터 알고 지냈던 낸터킷 출신의 선장이었다. 에이허브 선장은 그가 갑판에 도착하자마자 인사도 없이 다짜고짜 물었다.

"모비 딕이 어디 있었습니까? 죽었습니까?"

그는 머리를 가로저었다.

"우리가 고래 떼를 한창 쫓고 있을 때였습니다. 하얀 둔덕 같은 물체가 파도 속에서 튀어나오더라고요."

그는 숨을 몰아쉬며 그때의 상황을 전했다.

"그 전날 오후 늦게 그 보트 세 척이 고래를 급히 뒤쫓고 있을 때 갑자기 모비 딕의 흰 혹과 머리가 푸른 수면에 떠올랐습니다. 그래서 의장된 4번 보트가 모비 딕을 쫓기 위해 즉각 내려졌습니다. 뒤에서 부는 바람을 받으며 무섭게 달린 끝에 작살을 던지는 데 성공한 것 같았습니다. 그런데 나중에는 본선에서 너무 멀리 떨어지는 바람에 보이지가 않더라고요."

에이허브 선장은 허탈한 표정으로 중얼거렸다.

"그러면 놓친 거네요."

"그때 다른 보트 세 척이 스콜 탓에 반대 방향으로 떠밀려가고 있었어요. 나는 그들을 먼저 구해야 했지요."

에이허브 선장은 머리를 끄덕이며 맞장구를 쳤다.

"다수의 생명이 먼저겠지요."

"그러고 나니까, 너무 늦어서 네 번째 보트를 찾으러 갈 수가 없었습니다. 어둠이 진 뒤에는 삼각대에 불을 붙여 배를 햇불처럼 환히 밝혀두었습니다. 그렇게 뜬눈으로 밤을 지낸 뒤 동이 트자마자 마지막으로 목격했던 지점까지 가보았지만, 아무것도 찾을 수 없었습니다."

에이허브 선장이 차갑게 말했다.

"어쨌든 알려줘서 고맙습니다. 수색에 성공하길 바라오."

에이허브 선장이 자기 방으로 돌아가려고 하자, 그가 급히 말을 꺼냈다.

"도와주시오, 내 아들이 그 보트에 타고 있소. 당신 배와 함께라면 우리는 수색의 범위를 두 배로 넓힐 수 있습니다. 서로 3킬로미터 정도 떨어져서 바다를 나란히 훑으면 그들을 찾을 수 있을 겁니다."

에이허브 선장은 흠흠 헛기침을 하며 갑판을 내려다보았다. 레이첼호의 선장이 울먹이며 다시 말했다.

"에이허브 선장, 부탁이오. 제발 나를 도와주시오. 우

223

리는 이미 낸터킷에서 만난 사이잖소? 당신이 진정으로 훌륭한 사람이란 말도 들었소."

그러나 에이허브 선장은 갑판 바닥에서 눈을 떼지 않았다. 레이첼호의 선장이 한 가지 제안을 했다.

"그러면 당신 배를 나한테 빌려주시오. 당신이 나를 도와줄 수 있는 방법이 그것뿐이라면……. 대가는 충분히 지불하겠소. 이틀만 배를 빌려주시오. 에이허브 선장, 내 아들의 목숨은 당신의 결정에 달려 있습니다."

그때 등 뒤에 서 있던 맨 섬 출신의 선원이 내 귀에 대고 속삭였다.

"이제 그들에게 무슨 일이 있었는지 대충 알겠지? 우리가 아까 들었던 소리는 익사한 그들의 혼령이 내는 소리가 분명해. 기억하나?"

레이첼호의 선장은 절망하고 있었다. 그는 에이허브 선장을 애절한 눈빛으로 바라보았다.

"내 아들은 이제 열두 살이오. 사내로 키운답시고 이번 항해에 데려왔는데……. 만약 그 애를 바다에서 잃는다면 나 자신을 용서할 수 없을 겁니다."

그래도 에이허브 선장은 입을 꾹 다문 채 아무 말이 없었다. 참다못한 레이첼호의 선장이 버럭 화를 냈다.

"당신이 내 부탁을 들어줄 때까지 나는 이 배를 떠나

지 않겠소. 당신도 아들이 있잖습니까? 우리의 처지가 바
뀌면 나도 똑같이 해줄 거요. 나는 당신이 결국 너그러워
질 거란 걸 압니다. 뭐니 뭐니 해도 당신은 나를 도와줄
사람이오. 내 부하들에게 출발 준비를 하라고 시키겠소."

그제야 에이허브 선장이 입을 열었다.

"가디너 선장, 당신 처지를 나도 잘 알겠소. 하지만 내
마음은 바뀌지 않습니다. 도와주기 어렵겠소. 이미 당신
하고 얘기하느라 시간을 많이 허비했습니다. 신의 은총
이 있기를 바랍니다. 나는 떠나야겠소."

가디너 선장은 그의 말에 충격을 받은 나머지 멍하니
서 있었다.

에이허브 선장은 일등항해사를 불러 지시를 내렸다.

"스타벅, 지금부터 시계를 보게. 정확히 3분 뒤에도 이
배에 낯선 사람이 머물러 있다면, 그자를 죽여도 좋아.
그리고 전과 다름없이 항해를 시작하도록."

에이허브 선장은 상앗빛 다리를 중심으로 돌아서더니
곧장 그 자리를 떠났다. 결국 가디너 선장만이 홀로 갑판
에 남게 되었다. 충격이 꽤 컸는지 그는 잠시 동안 움직
이지 않았다. 얼마 뒤 마음을 진정시키고는 서둘러 자기
보트로 내려갔다.

레이첼호는 우리가 떠난 뒤에도 몇 시간 동안 바다에

서 지그재그로 방향을 바꾸었다. 바다 위에 검은 점이라도 보이면, 그것이 아무리 작은 것이라도 그쪽을 향해 키를 돌렸다. 그 배는 뱃머리에 부서지는 파도에 맞서 앞으로 나아가기도 했고, 파도에 떠밀려 힘없이 뒤로 물러서기도 했다. 그렇게 한참을 바다 위에서 우왕좌왕하더니 점점 멀어졌다. 실종된 보트, 아니 실종된 선원들을 아직 찾지 못한 모양이었다.

에이허브 선장은 이제 밤낮으로 바다만 바라보았다. 그는 모비 딕이 이 바닷속 어딘가에 있다는 사실을 알고 있었다. 자신을 괴롭히는 존재가 아주 가까이에 있다는 생각에 휴식조차 취할 수가 없었던 것이다.

그는 바람과 물보라로부터 몸을 보호하기 위해 중절모를 쓰고 케이프(어깨와 등, 팔이 덮이고 소매가 없는 망토식의 겉옷)를 입었다. 식사는 스튜어드가 그의 방으로 가져다주었다. 그러나 그는 음식에 거의 손을 대지 않은 채 먹는 시늉만 했다. 밤비에 흠뻑 젖은 옷을 그대로 입고 있다가 다음 날 아침 햇볕에 말리기도 했다. 면도칼은 모두 작살 촉을 만드는 데 사용했다. 그 때문에 면도를 하지 못한 그의 수염은 모두 거무스름하게 자라 서로 엉켜 마치 바람에 뽑힌 나무뿌리가 우듬지의 푸른 잎이 다 말라 버린 뒤에도 땅에 떨어진 채 자라나 있는 것 같았다.

선장이 야만인처럼 변하자, 선원들은 그를 슬슬 피하기 시작했다. 유일하게 그를 닮은 페달라만이 팔짱을 낀 채 주위에 서 있을 뿐이었다. 그러나 그의 눈에는 아무런 변화가 보이지 않았다.

나는 그가 아주 넋이 나간 건 아닌지 걱정이 되었다. 페달라가 어떤 반응을 보일지 궁금해서, 일부러 그의 얼굴 앞에 손을 흔들어보고 싶은 충동이 일 때도 있었다. 그러나 감히 그러지는 못했다.

에이허브 선장은 망을 보는 선원들을 자꾸만 닦달했다. 동이 틀 기미만 보여도 마스트에 올라가라고 지시하고, 땅거미가 진 뒤까지도 경계를 잘 서라며 채근했다. 심지어 선원들이 모비 딕을 보고서도 알리기를 꺼린다고 의심까지 하였다. 레이첼호를 만난 지 나흘째 되는 날에는 자신이 직접 마스트에 올라가겠다고 고집을 부렸다.

그는 두 가닥의 로프를 함께 묶어 나무판자에 고정시킨 뒤, 그 한쪽 끝을 마스트 꼭대기에 못으로 고정시켰다. 그러고는 임시 승강대에 올랐다. 그의 지시에 따라 스타벅이 로프 계선 장치를 이용해 그를 마스트 꼭대기로 끌어올렸다.

그는 마스트 꼭대기에 오르더니, 다른 곳에서 망을 보고 있던 선원들에게 비웃음을 보내며 이렇게 말했다.

"이제 더블룬은 내 차지가 될 거야."

적도를 따라 항해는 계속되었다. 수평선 위에 또 다른 배 한 척이 보였다. 딜라이트호라는 이름의 고래잡이배 였다. 우리가 배의 이름을 눈으로 확인할 수 있을 정도 로 가까이 다가가자, 몸체가 거의 망가진 보트 한 척이 삭구에 간신히 걸려 있는 것이 눈에 띄었다. 보트의 용 골에 붙어 있던 나무판자는 모두 부서진 채 떨어져 나가 고 없었다. 그 모습이 마치 독수리가 쪼아 먹고 남긴 죽 은 동물의 갈비뼈를 연상시켰다. 가느다란 살로 만든 새 장 같기도 했다.

에이허브 선장이 소리쳐 물었다.

"모비 딕을 보았습니까?"

딜라이트호의 선장이 그 잔해를 가리키며 대답했다.

"그놈이 이 지경으로 만들었습니다."

에이허브 선장이 물었다.

"그놈을 죽였습니까?"

"아니오. 그놈을 죽일 수 있을 만큼 단단한 작살은 이 세상에 없습니다."

에이허브 선장은 자신의 작살을 머리 위로 들어 보이 며 소리를 질렀다.

"말도 안 되는 소리 하지 마시오. 내가 들고 있는 이 작살을 보시오. 이 작살 촉은 피와 번개로 담금질한 거요. 머지않아 내가 모비 딕의 몸통에 이것을 박아 넣을 작정이오."

그가 말했다.

"노인이여, 하느님의 가호가 있기를 빕니다."

딜라이트호가 파도에 휩쓸려 한쪽으로 기울었다. 배 안에서는 선원 둘이서 바닥에 앉아 해먹의 양 끝을 꿰매고 있었다.

그가 울먹이며 말했다.

"어제 부하 다섯 명을 잃었습니다. 그런데 그들 중 한 명밖에 묻어주지 못했습니다. 당신은 지금 내 부하들의 무덤 위로 항해하고 있는 겁니다."

딜라이트호의 선원들은 배의 난간 위로 판자를 들어 올리고는 그 위에 해먹을 올려놓았다. 딜라이트호의 선장이 기도하는 동안 선원들은 그 불쌍한 시신을 바다로 던졌다.

에이허브 선장이 외쳤다.

"항해를 계속한다."

그러나 우리는 이미 바다 위의 장례식을 지켜보면서 우리에게 닥쳐올 운명을 머릿속에 그리고 있었다. 딜라이트호가 멀어져 갈 무렵, 그 배에서 선원 한 명이 이렇게 외쳤다.

"이봐, 모두 저 관을 봐라! 저 친구들은 고물 배에 관을 싣고 다닌다."

그는 우리 배의 키 손잡이 위에 걸린 구명부표를 가리키고 있었다.

"우리의 슬픔을 외면하고 달아나 봐야 아무 소용없다고! 당신들의 꽁무니엔 당신들의 관이 버젓이 매달려 있지 않은가!"

제17장

추적을 시작하다!

다음 날은 항해를 시작한 이래 가장 맑은 날이었다. 하늘과 바다가 모두 물감을 뿌려놓은 것처럼 새파랗게 보였다. 백설같이 하얀 수백 마리의 새들이 마스트 주변을 돌며 상큼한 미풍 위에서 활강하고 있었다. 머리 위의 태양은 황금빛 불길을 뿜었다.

갑판 위에 올라서자 따스한 햇살이 두 뺨을 간질였다. 내가 고래잡이라는 사실이 행복하다는 생각이 드는 날이었다. 그리고 살아 있는 것이 좋구나 싶은 날이었다. 선원들은 몇 주 만에 일하면서 비로소 웃기도 하고 농담을 주고받기도 했다. 스타벅은 당번을 서면서도 싱글벙글 웃고 있었다.

에이허브 선장은 메인마스트에 매달린 임시 승강대에 올라가 있었다. 그의 눈은 수평선을 살피는 동안, 시뻘걸

게 달군 석탄처럼 이글이글 타고 있었다. 오랫동안 폭풍우 속에서 지냈기 때문에 얼굴엔 주름이 많아지고 살갗이 트기도 했다. 머리카락에는 군데군데 물보라가 남기고 간 소금기가 말라붙어 있었다. 그러나 제아무리 완고한 에이허브 선장이라 해도 이렇게 완벽한 아침의 매력 앞에서는 어찌할 수가 없었다.

에이허브 선장은 갑판으로 내려와 잠시 동안 이리저리 거닐었다. 나는 그가 고향에 두고 온 가족을 떠올리면서 마음속에 응어리진 미움을 천천히 녹이고 있다고 생각했다. 이윽고 그는 배의 난간에 몸을 기대더니 산들바람에 코를 킁킁대며 거품이 이는 바다를 바라보았다. 뭍에 있는 아들 걱정이라도 하고 있는 것일까. 가만히 살펴보니, 그가 몸을 앞으로 숙인 채 파도 속에 눈물을 한 방울 떨어뜨리고 있었다.

나는 거대한 태평양보다 그 한 방울의 눈물 속에 더 큰 가치가 있으리라고 생각했다. 나처럼 선장의 눈치를 살피고 있던 스타벅이 나지막이 말했다.

"선장님! 괜찮으십니까?"

에이허브 선장은 뒤로 돌아서 그를 마주 보며 말했다.

"아, 스타벅인가? 바람도 잔잔하고 하늘도 화창하게 보이는군. 내가 처음으로 고래를 잡은 때도 이렇게 아름다운 날이었어. 나는 그때 열여덟 살밖에 안 된 애송이 작살꾼이었지. 그래, 40년 전이구나. 내가 고래를 쫓아다닌 지 이제 40년이 되었어. 그 긴 세월 동안 바다에서 어려움도 많이 겪었고, 폭풍우도 많이 만났고, 위험한 일도 많았지. 그 기간 동안 내가 뭍에서 지낸 것은 3년이 채 되지 않아. 내 인생을 생각해보면……. 글쎄, 아무리 가난한 사람이라도 육지에서는 신선한 과일과 빵을 먹고 지내는데 어떻게 마른 빵만 먹고 지냈는지, 결혼한 바로 그 다음 날부터 어떻게 아내와 떨어져 배를 탔는지, 어쩌다 분노와 미움을 키워서 온 세계를 떠돌며 이 피비린내 나는 추적을 하고 있는지……."

스타벅이 나직이 말했다.

"선장님……."

"40년 동안을 나는 바보처럼 살았어. 그렇게 고래를 잡고서도 과거보다 재산이 많아지길 했나, 더 나아진 게 있나? 다리를 하나 잃고 나니까 정말 화가 치밀어 오르더라고. 그래서 이 사냥에 나섰지. 하지만 오늘 느꼈어. 난 이제 늙었어. 정말 지쳤다고. 스타벅, 좀더 가까이 와봐. 인간의 눈을 좀 들여다보게 말이야. 그 눈 안에 내 아내와 자식, 파란 땅, 따뜻한 고향이 보이는군. 자넨 정말 좋은 사람이야. 사냥이 시작되면, 자넨 보트를 타지 말게.

본선에 남아 모비 딕에게서 멀리 떨어져 있도록 하게. 안전하게……."

스타벅이 말했다.

"선장님도 훌륭한 분이세요. 인간에게 자신의 실수나 잘못을 인정하는 태도보다 더 훌륭한 장점은 없으니까요. 모비 딕을 포기하십시오. 이 바다에서 멀리 떠나요. 제가 당장 코스를 정하겠습니다. 피쿼드호의 방향을 고향으로 돌리겠습니다."

스타벅의 간절한 눈빛에 에이허브 선장은 잠시 흔들리는 듯이 보였다. 잠시 뒤 그는 스타벅의 어깨에 가만히 손을 올렸다.

"그게 가능할까? 나 에이허브가 그렇게 순순히 복수를 포기할 수 있을까?"

그러고는 스타벅에게서 천천히 물러섰다. 그의 얼굴이 점점 어두워지기 시작하더니 태풍이 엄습할 때처럼 시커멓게 변했다. 그가 소리를 높였다.

"절대 아니야. 나는 사실 이 악마를 추적하도록 유인하고, 부추기고, 자극하는 것이 무엇인지 알지 못해. 하지만 그 끝을 봐야겠어."

그는 다시 부드러운 목소리로 말을 계속했다.

"하지만 스타벅, 저 미풍의 냄새를 맡아봐. 저 멀리 초원의 향긋한 냄새가 나. 사람들이 건초를 만들고 있어. 새로 베어 낸 건초에서 잠을 자고 있어. 우리가 인생에서 아무리 열심히 일해도 결국에는 모두 잠을 자는 거야. 그것도 영원히 말이야……."

그러나 스타벅은 이미 자리를 뜨고 없었다. 그의 얼굴이 실망감으로 일그러졌다.

에이허브 선장은 바다를 향해 돌아섰다. 놀랍게도 어떤 사람이 그를 빤히 올려다보고 있는 모습이 물속에서 비쳤다. 페달라였다. 그도 갑판 저 멀리에서 난간 너머로 바다 속을 유심히 들여다보고 있었다.

그날 밤, 에이허브 선장은 자신의 계선공에 머물러 있었다. 그러다 갑자기 얼굴을 밖으로 내밀고 바닷바람의 냄새를 맡았다. 그 모습이 꼭 노련한 경찰견 같았다.

그가 말했다.

"고래 냄새다."

곧이어 사향처럼 짙은 향내가 갑판 전체에 퍼지기 시작했다. 에이허브 선장은 곧 항로를 조금 바꾸고 돛을 낮추라는 지시를 내렸다.

새벽이 되자 드넓은 수면이 유난히 매끄럽게 보였다. 마치 융단을 깔아놓은 듯 부드럽게 느껴졌다. 갑자기 에이허브 선장이 소리쳤다.

"그놈의 자국이다. 모두 갑판에 집합하라."

대구가 막대기로 갑판을 마구 두드려대기 시작했다. 선원들이 옷을 주섬주섬 챙겨 입으며 선실에서 달려나와 갑판으로 올라왔다.

에이허브 선장이 쩌렁쩌렁한 목소리로 외쳤다.

"망대에서는 뭐가 좀 보이나?"

"아무것도 안 보입니다."

"나를 저 위로 올려주게."

두 명의 선원이 그를 망대로 올려주었다. 그러나 그가 망대 위에 도착하기도 전에 어디선가 날카로운 비명이 들렸다.

"고래가 물을 내뿜는다. 혹이 마치 눈 언덕 같다. 모비 딕이다. 모비 딕이 나타났다!"

다른 망대에서도 동시에 외침이 들렸다. 망을 보고 있던 선원 모두가 바로 500미터 앞의 고래를 가리키고 있었다.

에이허브 선장이 그들에게 따졌다.

"다들 아무것도 보이지 않는다고 했지? 왜 아무도 소리치지 않았나?"

에이허브 선장의 뒤편 마스트에 올라가 있던 태슈테고가 아래를 내려다보며 말했다.

"선장님이 발견한 바로 그 순간에 알았습니다."

"하지만 내가 1등이야. 그러니까 저 더블룬은 내 것이다. 모비 딕을 가장 먼저 발견한 사람은 나니까."

그가 아래쪽에 있는 스타벅에게 소리쳤다.

"스타벅, 서둘러. 그놈이 물속으로 잠수할 거다. 보트를 준비하고 나를 아래로 내려줘."

스타벅과 그의 선원들은 에이허브 선장의 지시대로 배에 남았다. 난간 너머로 다른 세 척의 보트가 빠른 속도로 물을 가르는 모습이 보였다.

바다는 어느새 파도 위에 시트를 펼쳐놓은 것처럼 잔잔해졌다. 동그랗게 이는 파란 거품 속에서 오르락내리락하며 전속력으로 돌진하고 있는 보트와 고래의 거대한 혹을 제외하고는 모든 것이 고요했다.

바로 전날 우리가 보았던 새들이 하늘에서 빙빙 돌더니 고래가 지나간 자국 위에 사뿐히 내려앉았다. 고래가 지나가며 펼쳐놓은 잔물결 위에 앉아 둥둥 떠다니는 새의 모습이 꼭 셔틀콕처럼 보였다. 그중 한 마리가 고래 위를 퍼덕이며 날더니, 고래의 등에 튀어나와 있는 부러진 작살 위에 살며시 내려앉았다. 모비 딕의 몸은 상처투성이였으며, 구석구석에 무기의 잔해가 남아 있었다.

스타벅이 내 옆에서 말했다.

"고래가 우리에게서 점점 멀어져 가고 있는데."

"그렇군요. 고래가 아주 평온해 보이는데요. 우리 보트들이 다가가고 있다는 사실을 아직 눈치채지 못했나 보네요."

스타벅이 대답했다.

"그런 고요함 속에 우레 같은 폭발력이 있지."

얼마 후 우리가 30미터 앞까지 다가가자, 모비 딕은 거대한 머리를 들어 활처럼 동그랗게 굽히더니 널찍한 꼬리를 보이며 물속으로 들어갔다. 보트 세 척은 물 위에 남아 새들과 함께 떠다니고 있었다.

에이허브 선장이 예언했다.

"아마 한 시간 동안은 물속에 있을 거다."

바람이 점점 거세게 불자 바다가 출렁였다.

태슈테고가 소리쳤다.

"선장님, 새에요. 새 좀 보세요."

하얀 새들이 하늘로 빙그르르 날아올랐다가 에이허브 선장의 보트 주위로 쏜살같이 내려왔다. 그러고는 보트 주위에서 날갯짓을 하며 꽥꽥 울기도 하고, 서로 부리를 물어뜯기도 했다.

에이허브 선장은 얼른 보트 너머로 물속을 들여다보았다. 그 새파란 물속에서 나비만 한 하얀 점이 춤추듯 어른거리는 것이 보였다.

그는 눈을 비볐다. 하얀 점은 점점 커지더니 비비 꼬이기 시작했다. 잠시 뒤 톱니 모양을 한 두 줄의 이빨이 바닥에서부터 힘차게 올라왔다. 그것은 모비 딕의 벌어진 입이었다. 놈은 보트 아래에서 입을 떡 벌리고 있었던 것이다.

에이허브 선장은 얼른 몸을 뒤로 뺀 뒤 급히 노를 비틀어 꺾었다. 그러고는 놀라서 어쩔 줄 몰라 하는 선원들에게 소리를 질렀다.

"작살, 이리 줘."

그러나 그가 소리를 지르는 바로 그 순간, 고래가 긴 턱을 물 밖으로 드러내더니 보트에서 조금 떨어진 곳에서 입을 열었다 꽉 닫았다.

그 모습이 마치 먹이를 물어뜯으려는 상어 같았다. 놈이 휘어진 턱을 3미터 높이로 불쑥 올리더니 이빨로 보트를 우두둑 깨물었다. 톱니에 나무판자가 썰리듯 보트는 두 동강이 나고 말았다. 이빨 하나가 노걸이에 걸리자, 놈은 그것도 뚝 끊어버렸다. 바로 에이허브 선장의 코앞에서 벌어진 일이었다.

에이허브 선장은 모비 딕의 꽉 닫힌 턱을 올려다보았다. 고양이가 쥐를 물고 흔드는 것처럼 놈은 보트를 물고 가볍게 흔들고 있었다.

페달라는 그 긴박한 상황을 가만히 지켜보고 있었다.

놀란 기색도 전혀 없었다. 다른 선원들은 보트의 가장자리로 가기 위해 서로 엎치락뒤치락하고 있었다.

에이허브 선장은 맨손으로 고래의 턱을 잡고 벌리려 안간힘을 썼다. 그가 작살로 고래의 몸통을 찌를 수 있는 방법은 없었다. 다른 보트들은 그 충격에 너무 놀라 도울 엄두를 내지 못하고 있었다.

그러나 모비 딕은 그런 싸움이 싫은 듯, 가위같이 생긴 길쭉하고 커다란 턱을 받아 보트를 두 동강 내버렸다. 모비 딕이 몸을 뒤집어 물속으로 들어가고 나자, 반으로 쪼개진 보트 조각이 물 위에 둥둥 떠다녔다. 에이허브 선장과 선원들은 보트의 나무판자에 간신히 매달려 있었지만, 몸은 이미 반쯤 물속에 잠긴 상태였다.

모비 딕이 조난당한 사람들의 주위를 빠르게 맴돌며 꼬리로 물을 치기 시작했다. 놈이 계속 빙빙 돌자, 에이허브 선장은 거품이 이는 소용돌이 한가운데에 갇힌 채 쉴 새 없이 물세례를 받아 숨이 막힐 지경이었다. 스텁과 플래스크는 가장자리에서 가만히 기다렸다. 만약 그들이 다가가면 성난 고래가 곤경에 빠진 선원들을 완전히 죽여버리지나 않을까 걱정이 되었기 때문이다.

그러나 스타벅은 한가롭게 지켜보고 있을 수만은 없었다. 그는 피쿼드호를 난파선 가까이로 접근시켰다. 공격에 가담하기 위해 자신의 보트를 내릴 작정이었다.

에이허브 선장은 동그랗게 거품이 이는 물속에서 크게 소리를 질렀다.

"키를 놈이 있는 쪽으로 돌려. 쫓아버려."

스타벅이 키를 잡고 있는 선원에게 소리를 질렀다.

"선수를 돌려라."

그러자 배가 고래와 조난당한 사람들 사이를 뚫었다. 그와 동시에 다른 보트들이 그들을 끌어올리기 위해 돌진해 들어갔다. 스텁의 보트에 간신히 올라탄 에이허브 선장은 완전히 기운이 빠져 몸조차 제대로 가누지 못했다. 코끼리 떼에 짓밟힌 사람처럼 몸 곳곳이 부러지고 상처가 났다. 그러나 그는 보통 사람이 아니었다. 곧 몸을 추스르고 보트에 곧추서서 멀리 있는 고래에게 주먹질을 해댔다.

그가 악을 썼다.

"내 작살은 안전하지?"

스텁이 대답했다.

"네, 선장님. 제가 갖고 있습니다."

"선원들은?"

"여기 모두 있습니다."

에이허브 선장은 고래를 노려보며 말했다.

"저놈이 지금은 도망가지만, 다시 배로 돌아온다."

우리는 보트 두 척을 들어 올려 배에 실은 다음, 에이허브 선장의 부서진 보트 조각들을 건져 올리고 추적할 준비를 했다. 모비 딕은 해가 지는 방향으로 빠르게 달려가고 있었다. 마스트에 돛을 모두 단다 해도 놈을 쫓아가는 것은 무리였다.

에이허브 선장은 망대에 대고 소리쳤다.

"고래가 물을 뿜는 광경을 보면 소리쳐라."

그러고는 주갑판에 있는 선원들에게로 돌아서며 덧붙였다.

"더블룬은 내 것이다. 내가 가장 먼저 그놈을 봤으니까. 그러나 더블룬을 자네들에게 다시 내놓겠다. 그놈이 죽는 것을 가장 먼저 본 사람에게 주겠다. 그리고 내가 그토록 바라던 즐거운 날을 맞이한다면, 여러분 모두에게 그 열 배의 보물을 주겠다. 자, 해산!"

그렇게 말하면서 그는 몸의 반을 승강구 안에 두고 모자를 푹 눌러쓴 채 새벽까지 그 자리에 서 있었다. 다만 이따금 몸을 일으켜 밤이 지나가는 광경을 지켜볼 뿐이었다.

제18장

그리고 둘째 날

이른 새벽, 세 돛대 꼭대기에는 정확한 시간에 새로운 인원이 배치되었다.

"보이나?"

에이허브는 빛이 퍼져 약간 밝아지기를 기다린 후에 외쳤다.

"아니요, 아무것도 안 보입니다."

에이허브 선장이 투덜거렸다.

"생각보다 빠른 놈이군. 하지만 상관없다. 최고의 상태를 유지하기 위해 잠시 숨을 고른 것뿐이니. 스텁, 돛을 더 높이 올려라. 그놈 뒤를 날아가듯이 쫓아가자."

배가 바다를 가르며 나가자 뒤로 넓은 물살이 생겼다. 스텁이 낄낄낄 웃으며 말했다.

"빨리 달리니까 갑판이 다 울리는데. 배도 우리만큼 용감해."

그때 고함 소리가 들렸다.

"고래가 물을 뿜는다! 바로 앞에 있다!"

스텁이 바람에 대고 외쳤다.

"그래! 난 이미 알고 있었어. 넌 도망갈 수 없어. 고래 나리, 뿜어라, 뿜어! 찢어질 정도로 뿜어라. 마음껏 숨을 내쉬어보시지. 에이허브 선장이 물 대신 피를 내뿜게 해줄 테니. 자, 우리가 잡으러 간다."

그것은 스텁 혼자만의 허세가 아니었다. 나를 포함한 나머지 선원들도 그 싸움에 결의를 다지고 있었다.

지난 수개월 동안 우리는 이 하얀 괴물을 찾아 전 세계 바다를 돌아다녔다. 그리고 이제 마침내 그 일을 끝낼 기회가 생긴 것이다. 어쨌든 전날의 공격 실패가 우리를 더욱 용감하게 만들었다. 덕분에 보트 한 척이 박살나기는 했지만, 선원들 중에 죽은 사람도 없고 에이허브 선장도 맨손으로 고래와 싸울 정도로 용감했다. 그렇게 겁 없는 선장이 우리를 이끌고 있는데, 우리가 어떻게 실패할 수 있단 말인가. 서른 명의 선원 모두 오직 한 가지 목표, 모비 딕을 죽이는 일에 집중하였다.

마스트 꼭대기에 있던 선원 중 한 명이 소리쳤다.

"선장님, 고래의 물줄기가 사라졌습니다."

에이허브 선장이 헐떡이며 말했다.

"그럴 리가 없어. 다시 살펴봐. 모두 배 앞으로!"

선원들은 삭구 더미로 올라가거나 난간 너머로 몸을 뺀 채 놈의 흔적을 찾기 위해 바다를 샅샅이 살펴보았다. 그때, 우현의 이물 옆 파도 속에서 모비 딕이 갑자기 나타났다. 놈은 육중한 몸집을 튀듯이 밖으로 드러냈다. 그 모습이 마치 눈부신 산처럼 보였다.

"저 아래다. 고래가 뛰어오른다!"

누군가의 외침이 끝나기가 무섭게 놈은 거대한 몸을 드러내며 하늘로 솟구쳤다. 놈과 함께 튀어 오르는 흰 거품이 햇빛을 받아 눈부시게 반짝였다.

"태양 아래에서 살아 날뛰는 건 이번이 마지막일 것이다. 모비 딕!"

에이허브 선장이 소리쳤다.

고래는 돌고래나 상어처럼 몸 전체를 일시에 물 밖으로 내놓을 수 있다. 이러한 수중 체조 묘기를 '브리칭', 즉 수중 점프라고 한다. 고래는 수직으로 점프할 수 있는데, 높이 떠오른 몸이 다시 바다에 잠길 때까지는 사람이 한 번 깊이 숨을 쉬고도 남을 정도의 시간이 걸린다.

모비 딕이 물살을 가르며 달리자 하늘에 물안개가 생기면서 보석처럼 반짝였다. 놈은 대리석 같은 몸으로 아치를 그리며 춤을 추다 수면 위로 몸을 날렸다. 분수가 생기는 듯하더니 이내 거품이 일었다.

모비 딕은 수중 체조를 하며 바다를 건너뛰었다. 꼭 연어가 팔딱팔딱 뛰는 것 같았다. 에이허브 선장이 소리를 질렀다.

"그만 좀 뛰어라. 이제 네 공연 시간도 거의 끝나간다. 보트에 사람을 태워라."

보트 세 척이 바다로 내려지자마자 모비 딕이 방향을 바꾸어 질주해오기 시작했다. 스타벅이 갑판에서 에이허브 선장에게 소리쳤다.

"놈이 선장님 쪽으로 오고 있습니다."

에이허브 선장은 보트의 고물에 서서 자신의 적을 뚫어지게 바라보았다.

에이허브 선장이 항해사들에게 명령했다.

"선수를 놈의 가운데로 향하라."

그는 앞서 가고 있는 고래 모르게 다가갈 수 있다고 생각하는 듯했다. 그러나 그 하얀 고래는 아주 영리했다. 옆으로 잽싸게 방향을 틀어 보트 세 척이 만든 삼각 지점 안으로 돌진하더니, 꼬리로 보트의 얇은 판자 부분을 공격했다.

그때 옆구리에 작살을 던지자 모비 딕은 바다 위를 뒹

굴며 몸부림쳤다. 세 가닥의 로프가 서로 엉긴 채 팽팽해지자 보트끼리 서로에게 끌려가기 시작했다.

에이허브 선장은 간신히 자기 보트의 로프를 끊었지만, 스텁과 플래스크는 자신들의 보트가 서로 부딪치는 것을 별도리 없이 지켜보았다. 그 바람에 두 보트는 산산이 부서지고 말았다.

로프의 매듭이 모두 끊기자 모비 딕은 미끄러지듯 수면 아래로 숨었다. 부서진 보트의 나무 조각들만 남아 소용돌이를 만들었다.

열 명의 선원이 물속에서 비명을 질렀다. 물에 뜨기 위해 부서진 보트 조각을 잡으려고 손을 내밀었다. 플래스크는 언제 있을지 모르는 고래의 공격을 피하기 위해 로프 통 근처에서 몸을 둥글게 웅크린 채 다리를 들어 올리고 버둥거렸다. 스텁은 살려달라고 비명을 질렀다.

"살려줘요!"

에이허브 선장이 물에 빠진 선원들을 구조하라는 명령을 내리기도 전에, 아직 멀쩡한 그의 보트가 바다 위로 솟아올랐다. 그러더니 고래의 혹이 갑자기 15미터가량 치솟았다. 모비 딕이 보트와 비명을 지르는 선원들을 잠시 앞머리 위에 올려놓았다가 공중으로 획 던졌다. 보트가 빙글빙글 돌며 파도 위로 와르르 떨어졌다.

스타벅이 다시 한 번 더 구조를 하기 위해 달려갔다. 그는 보트를 내리고 물 위에 떠 있는 선원들을 구조했다. 선원뿐만 아니라 노와 나무통 등 건져 올릴 수 있는 것은 모두 건져 올렸다.

스타벅은 선원들을 태우고 다시 갑판으로 돌아와 그들의 부상 상태를 점검했다. 손목이나 발목을 삔 사람이 몇 명 있었고, 심한 타박상을 입은 사람도 있었다. 그러나 다행히도 치명적인 부상을 당한 사람은 없었다.

에이허브 선장은 부서진 보트의 한쪽 끝을 움켜쥔 채로 발견되었다. 스타벅이 선장을 어깨에 메고 본선으로 올라갔다. 고래 뼈로 만든 의족은 거의 잘려나가 날카롭고 하얀 파편만이 남아 있었다.

에이허브 선장은 한숨을 쉬며 말했다.

"그놈이 내 다리를 다시 물어갔어."

목수가 앞으로 걸음을 옮기며 말했다.

"선장님, 제가 다시 만들어드리겠습니다."

스텁이 끼어들었다.

"신경 쓰지 마십시오. 다친 데가 없잖습니까? 그놈이 분명 선장님에게 대단한 일격을 가했을 텐데도 말이죠."

에이허브 선장은 부서진 의족을 가리키며 농담을 던졌다.

"내 뼈는 부러뜨릴 수 있어도 내 의지는 꺾을 수 없어. 그놈이 어디로 가고 있나?"

"북쪽입니다."

"자, 그놈을 추적하자. 스타벅, 돛을 더 달고 보트의 선원들을 모두 소집해."

스타벅은 정말로 선장이 걱정되는 모양이었다.

"선장실로 모셔다 드릴까요?"

에이허브 선장은 주위를 한번 둘러보며 퉁명스럽게 대답했다.

"아니야, 됐어. 내가 말한 대로 선원들을 소집해."

"모두 모였습니다."

"그 친구가 보이지 않는데, 갑판에 있나?"

스타벅이 물었다.

"누구 말입니까?"

에이허브 선장이 고함을 질렀다.

"빨리 갑판에 모여."

그 즉시, 우리는 선장 앞에 횡렬로 섰다. 페달라가 보이지 않았다. 스텁이 중얼거렸다.

"로프에 끌려간 게 틀림없습니다."

에이허브 선장이 버럭 소리를 질렀다.

"조용히 해."

그러나 스텁은 계속해서 말했다.

"저, 선장님! 선장님이 로프를 자르시기 바로 전에 페달라가 엉킨 로프와 씨름하고 있는 모습을 보았습니다. 정신이 없는 상태여서 확신할 수는 없지만, 고래가 바다 속으로 끌고 간 듯합니다."

에이허브 선장이 중얼거렸다.

"오! 페달라……. 자신이 예언했던 대로 갔구나. 그를 다시 볼 수 있을까? 희망이 없어."

선장이 중얼거리자, 선원들은 서로에게 무슨 뜻인지 묻기 시작했다. 스타벅이 에이허브 선장에게 물었다.

"네? 그게 무슨 뜻이죠?"

"내 작살의 로프 때문에 그렇게 됐단 말이야. 하지만 작살이 그놈의 옆구리에 단단히 박혔으니까 절대 빠지지 않을 거야. 아마 지금도 그놈은 그것 때문에 고통을 당하고 있겠지."

그런 생각이 그의 사기를 높인 것일까. 그는 갑자기 팔을 들고 성난 야수처럼 울부짖었다.

"전속력으로 달려라. 그리고 눈을 똑바로 뜨고 망을 봐라. 부서진 노를 모으고 보트를 수리하라. 남은 작살의 날을 갈아라. 그놈을 반드시 죽여야 한다. 이 세상을 열 바퀴 아니, 스무 바퀴라도 돌겠다. 그놈을 죽일 수만 있다면."

스타벅이 반발했다.

"안 됩니다. 선장님은 그놈을 잡지 못합니다. 제발 이렇게 부탁합니다. 이제 그 미치광이 짓은 그만두십시오! 그놈을 쫓아 보트를 탄 게 두 번인데, 두 번 다 보트가 부서졌습니다. 전에 다리를 물어뜯은 그놈에게 다시 당했습니다. 그리고 이번에는 페달라까지 빼앗아갔습니다. 무엇을 더 원하십니까? 마지막 한 사람의 목숨까지 모조리 바쳐야 성에 차시겠습니까? 제가 그동안 수없이 경고를 드리지 않았습니까? 선장님, 즉시 이 사냥을 포기해야 합니다."

에이허브 선장은 위협적인 목소리로 고함을 쳤다.

"잘 들어. 나는 에이허브야. 나에게 포기란 절대 없어."

선원 중 몇몇이 선장의 말을 듣고 환호했다. 그는 계속해서 말했다.

"어떤 물건이든 가라앉기 전에 적어도 두 번은 물 위로 뜨는 법이야. 이틀 동안 모비 딕이 나타났어. 세 번째 날에는 내가 그놈을 영원히 침몰시킬 거야. 반드시! 이제 모두 용기가 나는가?"

스텁이 외쳤다.

"불 같은 사람이다!"

작살꾼들이 외쳤다.

"사자 같은 사람이다!"

그러자 에이허브 선장이 말했다.

"이제 내 지시를 잘 들어라. 우리는 밤새 보트를 수리하고 무기를 새로 만든다. 아침이 되면, 그놈을 쫓을 준비가 되어 있어야 한다. 퍼치, 자네는 의족을 새로 만들도록."

요란한 망치 소리가 새벽까지 들렸다. 선원들은 세 번째 날을 위해 등불 밑에서 예비용 보트를 준비하고 작살을 가느라 정신없었다.

한편 퍼치는 난파된 에이허브 보트의 부러진 용골로 새 의족을 만들고 있었다. 그리고 에이허브는 전날 밤과 마찬가지로 모자를 깊숙이 눌러쓰고 승강구에 우두커니 서 있었다. 그의 해시계 그림자 바늘 같은 시선은 예감에 가득 차서 그 시계판 위에서 거꾸로 돌아, 최초의 서광을 찾아 동쪽으로 향하고 있었다.

제19장

아! 모비 딕

추적의 세 번째 날 아침은 첫 번째 날처럼 상쾌하고 맑은 날이었다. 그리고 망대에서 모비 딕의 물보라를 보았다는 보고는 없었다. 에이허브 선장은 계산을 해본 다음 밤새 고래를 앞질렀다는 사실을 깨달았다.

그가 웃으며 말했다.

"그러면 그렇지. 그 많은 작살을 맞고 속도가 떨어진 게 분명해. 스타벅, 배를 뒤로 돌려라."

스타벅이 우울한 표정으로 키잡이에게 말했다.

"지금부터 바람의 반대 방향으로 간다. 그놈의 벌린 턱을 향해서."

에이허브 선장이 외쳤다.

"나를 매달아 올릴 준비를 하라. 이제 곧 그놈을 만나게 될 거다."

그로부터 한 시간쯤 지났을 때 선원들을 깨우는 선장의 목소리가 들렸다.

"저기에 물줄기가 보인다. 아직도 힘차다. 보트를 띄울 준비를 하라."

스타벅이 갑판에서 소리쳤다.

"선장님, 내려드릴까요?"

에이허브 선장이 대답했다.

"잠깐만! 저 드넓은 바다를 마지막으로 한 번 구경하고 가자. 어렸을 때 낸터킷의 백사장에 앉아 처음 바다를 보았는데, 그 모습이 지금도 생생해. 내가 저 바다를 다시 볼 날이 있을지……. 하지만 에이허브, 마음 단단히 먹어. 이제 흔들리면 안 돼. 페달라가 익사한 장소에서 밤새 너무 멀리 달려왔어. 그래, 나는 틀림없이 안전할 거야. 자, 이제 작별을 해야 할 시간이다. 낡은 돛대야, 잘 있거라! 너는 나와 함께 나이를 먹었다. 그러니 내가 고래와 싸우러 나가고 없는 동안 너는 배를 잘 지켜라. 오늘 밤 바로 이 자리에 와서 모비 딕의 시체가 내 배에 묶인 것을 구경하자."

에이허브 선장은 그렇게 중얼거리더니 스타벅을 향해 단호한 표정으로 말했다.

"스타벅, 나를 내려라. 보트를 띄워라."

보트들이 바다에 띄워졌다. 선원들은 본선에서 멀리 나가기 위해 힘껏 노를 저었다. 그들은 앞으로 있을 싸움에 대해 생각하고 있었다. 그때 스타벅이 갑판에서 뭐라고 외치는 소리가 들렸다. 보트 안의 선원들은 깜짝 놀라 주위를 두리번거렸다.

"상어다!"

피쿼드호 아래의 시커먼 바다 속에서 상어 떼가 배회하고 있었다. 상어 떼는 보트로 달려들어 노를 물어뜯거나 꼬리로 나무판자를 치기도 했다. 그러다 갑자기 상어 떼가 에이허브 선장의 보트로 몰려들었다. 결국 그는 물살을 가르는 상어 지느러미에 둘러싸이고 말았다.

에이허브 선장이 으르렁거렸다.

"내가 잡을 고래를 뜯어먹기 위해 나타났구나!"

그의 부하들이 환호성을 질렀다. 갑판에서 그를 내려다보고 있던 스타벅이 조용히 말했다.

"용감한 선장님, 부디 무사하기를 빕니다."

조금 더 앞으로 나아가자 마침내 고래 소리가 들리기 시작했다. 그들은 숨소리마저 죽인 채 앞으로 다가올 전투를 기다리고 있었다.

잠시 뒤, 보트 아래의 물속에서 뭔가가 낮게 울리는 소리가 들렸다. 그 소리는 점점 커져 갔다. 드디어 큰 파도가 하얗게 수면으로 솟구쳤다. 모비 딕이 그 속에서 튀어나와 보트 사이로 재주를 부리며 거대한 몸집을 사냥꾼들에게 자랑했다. 막 짜놓은 우유와 같은 하얀 피부에 망가진 작살과 로프가 서로 엉켜 있는 모비 딕의 모습이 세상에 드러나는 순간이었다.

에이허브 선장이 소리를 질렀다.

"공격!"

그러나 그 역시 긴장했는지 작살을 든 두 팔이 부들부들 떨렸다. 로프를 잡고 사투를 벌이다가 갈가리 찢어진 페달라의 시신이 고래 가죽에 핀처럼 꽂혀 있었다. 그 새카만 옷은 너덜너덜 찢어져 있었다. 에이허브 선장은 페달라의 부릅뜬 눈과 정면으로 마주쳤다. 부들부들 떨고 있던 그의 손에서 작살이 떨어졌다. 에이허브 선장은 그 자리에 앉아 무릎을 꿇고 흐느껴 울었다.

"그가 말한 대로 또 만났구나. 나보다 먼저 간다고 하더니……. 그래, 등 위의 감옥이 네 관이 될 줄이야……. 인간의 손에 의해 만들어진 것이 아니라고 하더니……. 이 고래가 에이허브 너를 조롱하고 있어."

모비 딕의 점프로 폭발적인 충격이 발생하자 보트 두 척이 뒤집혔다. 그 안에 타고 있던 항해사 두 명이 물에 빠져버렸다. 모비 딕은 한 번의 꼬리 공격으로 보트를 뒤집고 부수는 일을 동시에 끝냈다.

놈이 다시 방향을 바꿔 피쿼드호 주위로 돌진했다. 물속에 빠져 비명을 지르는 사람들은 개의치 않았다. 에이허브 선장은 아직 피해를 입지 않은 배에서 오들오들 떨고 있었다.

선장의 두려운 표정을 눈치챈 스타벅이 소리쳤다.

"저 고래가 선장님은 놔두고 가잖아요. 그러니까 그냥 가게 내버려두세요. 제발 부탁드립니다."

에이허브 선장은 간신히 자리에서 일어나 위엄을 되찾았다. 그가 선원들에게 명령했다.

"저 사람들을 구하고 나를 따라와라. 그리고 돛을 올려라. 뒤를 쫓는다."

그의 보트가 바람을 타고 피쿼드호의 이물 쪽으로 향했다. 스타벅이 바다에서 사람들을 건져 올리는 동안, 에이허브 선장은 적을 따라 질주했다.

그런데 공격을 시작할 때부터 에이허브 선장을 따라다니던 상어들이 갑자기 미쳐 날뛰기 시작했다. 상어 떼는 여유작작한 표정으로 노를 야금야금 물어뜯었다.

노잡이 중 한 명이 큰 소리로 말했다.

"선장님, 노깃이 점점 작아지고 있습니다."

에이허브 선장이 꾸짖었다.

"걱정하지 마! 그래도 꽤 오래갈 거다. 이제 다 따라붙었어."

보트가 모비 딕의 육중하고 하얀 몸체를 감싸고 있는 물고랑 안으로 들어갔다. 에이허브 선장이 작살을 들고 이물로 달려가자 보트가 한쪽으로 기울었다. 모비 딕은 선원들의 노에 찔릴 정도로 보트에서 가까운 거리에 있었지만, 별로 신경 쓰지 않았다. 파도를 넘나드는 리듬도 깨지지 않았다. 에이허브 선장은 지독한 저주를 퍼부으며 팔을 들어 작살을 괴수의 몸에 꽂았다.

모비 딕이 옆으로 몸을 비틀더니 지느러미를 파닥이며 보트를 들이받았다. 에이허브 선장은 노걸이를 꽉 붙잡았다. 그러나 노잡이 세 명은 물속으로 굴러 떨어지고 말았다. 그들 가운데 두 명은 달리는 보트의 옆을 잡고 간신히 기어 올라왔으나, 나머지 한 명은 배 뒤에 처져 바다에 홀로 떠 있었다.

선원들이 미끄러운 로프를 잡고 있으려고 애쓰는 것을 보고서 에이허브 선장이 소리쳤다.

"로프를 묶어라."

로프는 빠른 속도로 도망가는 고래에게 질질 끌려 다니다가 로프 통에서 확 풀리면서 허공으로 날아올랐다. 선원들 가운데 한 명이 간신히 그것을 노걸이에 걸었다. 그러나 도망가는 고래의 커다란 압력을 이기지 못해 로프가 끊어지고 말았다.

로프가 풀렸다는 것을 알았는지, 모비 딕이 물속에서 방향을 바꿔 큰 이마를 치켜들고 추적자를 노려봤다. 에이허브 선장은 욕지거리를 내뱉으며 좌절감에 발을 동동 굴렀다. 그러나 고래는 이미 그들에게 새로운 공격을 가하고 있었다. 피쿼드호가 선장을 뒤따르고 있었지만, 역풍을 맞으며 가느라 수백 미터가량 뒤처져 있었다.

모비 딕은 턱을 아래로 향한 채 거품을 일으키며 물속으로 들어갔다. 그러고는 전속력으로 피쿼드호를 향해 돌진했다.

에이허브 선장의 보트에 타고 있던 선원 한 명이 다급히 비명을 질렀다.

"선장님, 저것 좀 보세요. 모비 딕이 피쿼드호를 향해 다가가고 있어요."

갑판에 있던 스타벅은 모비 딕이 파도 아래에서 빠른 속도로 달려오고 있는 것을 똑바로 지켜보았다. 공성 망치처럼 생긴 그의 거대한 혹이 우현을 향하고 있었다.

뒤쪽에 있던 스텁이 말했다.

"나무판자가 그 힘을 견뎌낼까요?"

스타벅이 숨을 깊이 쉬며 말했다.

"아니, 하느님이 우리를 보호해주시기를 빌어야지."

선원들은 망가진 보트를 고치고 선창에서 새로운 무기를 나르느라 바빴다. 증기 기관차만큼 커다란 모비 딕이 하얗게 선을 그리며 번개처럼 그들을 향해 달려들었다.

모비 딕이 배를 들이받자, 모든 목재가 흔들렸다. 마스트 역시 흔들리며 삐걱거렸다. 피쿼드호가 그 충격으로 기우뚱하고 기울자, 물이 선창으로 마구 쏟아져 들어왔다. 모비 딕이 그 밑으로 들어가더니 멀리 떨어진 곳에 다시 나타났다. 에이허브 선장의 보트에서 불과 몇 미터되지 않는 곳이었다. 모비 딕은 방향을 틀더니 넘쳐 들어오는 물의 무게에 눌려 서서히 기울어지고 있는 불운의 피쿼드호를 구경하였다.

에이허브 선장이 울부짖었다.

"내 배가 내 고향의 나무로 만들어진 두 번째 관이구나!"

피쿼드호가 물속으로 서서히 가라앉기 시작하자 갑판이 날카로운 신음 소리를 내며 뒤틀어졌다. 선원 몇몇이 삭구 더미로 기어올랐다. 물이 이미 발목까지 차오르자 아예 넋을 잃고 가만히 서 있는 사람들도 있었다.

에이허브 선장은 새 작살을 들고 이물 앞으로 나서서 적을 바라보며 외쳤다.

"이 망할 놈! 내 배를 망가뜨려? 에이허브가 너를 잡아주마. 내가 너를 포기하느니 차라리 지구 끝까지라도 쫓아가주마."

이 말과 동시에 에이허브 선장은 고래에게 작살을 던졌다. 모비 딕이 머리를 바짝 들고 꼬리로 물을 때렸다. 그러자 뒤에 매달린 로프가 팽팽해졌다.

갑자기 놈이 물속으로 잠수했다. 로프가 이물의 나무로 된 홈 위로 쉬이익 소리를 냈다. 로프가 보트 가운데에 있는 노에 걸리고 말았다. 그는 몸을 굽히고 급히 로프를 풀었다. 그러나 모비 딕이 아주 빠른 속도로 잠수하고 있었기 때문에 로프가 튀어 오르면서 에이허브 선장의 목에 감겼고, 선원들이 그가 없어진 것을 알아챌 틈도 없이 소리 없이 보트에서 내던져졌다. 다음 순간 밧줄 끝의 무거운 고리가 완전히 텅 비어버린 밧줄 통에서 튕겨나가 한 노잡이를 쓰러뜨리고, 바다를 치며 물속으로 가라앉고 말았다.

선장이 갑자기 보트에서 없어진 바람에 선원들은 무슨 일이 일어나고 있는지 알지 못했다. 에이허브 선장은 그렇게 증오하는 고래에 영원히 묶인 채 파도 속으로 끌려 들어갔다. 잠시 후 그의 모습은 시야에서 완전히 사라졌다.

순간 돛을 잃은 선원들은 막대기처럼 섰다가 잠시 후 뒤를 돌아보았다.

"배는? 오오, 신이여, 배는 어디에?"

곧 어두컴컴하게 눈을 가리는 자욱한 수증기를 통해서 희미하게 사라져가는 그림자가 보였다. 돛대의 그것은 뿌옇게 일어나는 신기루처럼 보였다. 돛대의 꼭대기만이 물 밖으로 나와 있을 뿐이었다.

작살꾼들은 가장 높은 지점에 올라가 있었다. 충성된 마음에서였는지, 아니면 운명에 순응해서였는지 꼼짝도 하지 않고 가라앉으면서 높이 솟은 발판 위에서 바다 위의 망보기를 계속하고 있었다. 마침내 발목까지 물이 차서 거품을 내며 흐르자, 그들마저 파도 속으로 빨려 들어갔다. 배가 가라앉으며 거대한 소용돌이를 일으켰다. 그로부터 100미터 안에 있는 모든 것, 그러니까 사람들과 부서진 배, 심지어는 수면 위에서 놀던 새들까지도 그 뒤를 따라 끌려 들어갔다. 피쿼드호와 그 배의 선원들은 마침내 물속에 잠겨 더 이상 보이지 않았다.

거품이 이는 물 위로 새 몇 마리가 날아갔다. 얼마 지나지 않아 파도가 잔잔해졌다. 모든 것은 무너졌고 바다의 커다란 수의는 5,000년 전에 굽이쳤던 것과 마찬가지로 굽이치고 있었다. 무수히 많은 나날 동안 그랬듯이, 바다는 난파선이 있던 자리를 쓸고 유유히 흘렀다. 아무 일도 없었던 것처럼…….

그러나 그 난파선에는 생존자가 한 사람 있었다. 바로

나, 이스마엘이다. 페달라가 사라진 이후, 에이허브 선장은 나에게 자신의 보트를 타라는 지시를 내렸다. 나는 그 마지막 날 모비 딕의 살인적인 꼬리에 맞아 동료 선원들과 함께 바다로 떨어지고 말았다. 하지만 다행히 아래로 소용돌이치는 물살을 피할 수 있었다. 파도에 밀려 난파선에서 멀리 떨어진 덕분이었다.

텅 빈 바다에 떠서 상어 떼가 가까이 몰려오는 장면을 보며 덜덜 떨고 있을 때였다. 시커먼 물체가 수면 위로 불쑥 튀어 올랐다. 그것은 가라앉던 배에서 떨어져 떠다니던 관이었다.

나는 관 위로 기어 올라갔다. 잃어버린 친구 퀴퀘그의 얼굴이 떠올랐다. 그가 내 생명을 구해주겠다고 한 약속도 생각났다. 하루 낮과 하루 밤 동안, 나는 만가를 연주하는 듯한 바다 위를 떠돌았다. 상어 떼도 해치려 하지 않고 입에 자물쇠라도 채운 듯 옆을 헤엄쳐 다녔고, 흉악한 바다 독수리도 그 부리를 칼집에 넣은 듯 날아다니고 있었다. 이튿날 배 한 척이 다가와서 드디어 나를 건져 올렸다.

레이첼호였다. 그 배는 그때까지도 잃어버린 선원을 찾느라 바다를 돌아다니다가 결국은 다른 배의 고아를 발견했던 것이다.

정말로 믿어지지 않는 이야기이다.

작품 해설

　허먼 멜빌의 장편소설인 『모비 딕』은 1851년 10월 18일 런던에서 리처드 벤틀리에 의해 『고래(The Whale)』라는 제목을 달고 세 권 분량의 책으로 처음 출판되었다. 뒤이어 1851년 11월 14일 뉴욕에서 하퍼 앤 브라더스 사에 의해 『모비 딕(Moby-Dick)』이란 이름으로 두 권 분량의 작품으로 나오게 된다. 인간과 자연의 치열한 투쟁을, 당시로서는 매우 파격적인 주인공 관찰자 시점으로 풀어낸 작품이다. 그러나 이 작품이 출판되었을 때 독자들의 반응은 냉담했다. 왜냐하면 멜빌은 자신의 경험과 철학을 바탕으로 걸작을 만들었다고 생각했지만 당시 독자들의 취향을 염두에 두지 않고 썼기 때문이었다. 그래서 초판은 미국에서 열두 권만 판매되었다.

　하지만 20세기 중반, 서머셋 몸의 극찬을 시작으로, 레이먼드 위버라는 학자가 정열을 기울여 정성을 기울여 쓴 「멜빌 연구」라는 평론이 발표되고서 『모비 딕』은 전환기를 맞게 된다. 많은 독자에게 소개되어 인기를 끌게 되었고 재평가를 받게 되면서 현재는 미국 고전소설의 명작으로 추앙받으며, 수많은 작가와 철학자에게 영감을 주고 있다.

허먼 멜빌은 자신의 경험을 바탕으로 작품을 구상하였다. 그는 유복한 집에서 태어났지만 아버지의 사업이 실패하고 돌아가시자 가세가 기울어 일찍이 취업전선에 뛰어들었다. 점원과 시골 학교의 임시 교사 등의 직업을 전전하다가 뉴욕과 영국의 리버풀을 왕래하는 상선의 선실 급사로 취직하여 영국으로 건너갔다. 리버풀과 영국을 여행하면서 항구 주변 빈민가의 참상을 목격하고 큰 충격을 받기도 했다. 그때의 경험은 훗날에 발표한 소설 『레드번』에 고스란히 담았다.

영국에서 돌아온 뒤에도 집안 사정은 나아지지 않았고, 마땅한 직업조차 구할 수가 없었다. 결국 육지에서의 생활에 대한 기대를 접은 그는 바다로 나가 자신의 운명을 개척하기로 결심했다. 그리고 이 선택이 『모비 딕』을 구상하는 데 큰 영향을 주었다.

멜빌은 당시 포경업의 중심 항구였던 뉴베드퍼드로

가서 포경선 아크슈네트호를 타고 남태평양으로 출항하였다. 포경선에서의 생활은 위험하고 열악했다. 게다가 선장의 학대는 날이 갈수록 심해졌다. 결국 멜빌과 동료는 배에서 도망쳐 약 4개월 동안 식인 풍습을 가진 이교도인 타이피 족과 함께 생활하면서 문명의 때가 묻지 않고 황금을 가볍게 여기는 그들의 문화를 통해 새로운 가치에 눈을 뜨게 되었다.

다시 오스트레일리아의 포경선에 오른 멜빌은 약 1년 간 남태평양의 타이티와 근처 여러 섬을 돌아다니며 닥치는 대로 일을 했다. 그의 첫 번째 소설로 크게 인기를 얻은 『타이피』를 비롯하여 『오무』, 『하얀 재킷』, 『모비 딕』 등 전반기의 주요 작품들은 당시의 선상 생활 체험을 담고 있다. 이 중 모비 딕은 1820년 11월 20일 태평양 한 가운데에서 포경선 '에섹스(Essex)호'가 커다란 향유고래에 받혀 침몰한 사건에서 영감을 얻어 창작되었다.

이 작품에서 모비 딕은 에이허브 선장의 목표이자 집념인 거대한 향유고래의 이름이다. 주인공 이스마엘은 끊임없이 모비 딕에 대한 신화를 전해들으며 에이허브 선장의 모습을 관찰한다. 오로지 한 가지만 생각하고 몰두하는 에이허브는 자신의 선원들을 위험에 빠뜨릴 수 있는 항해를 하며 모비 딕의 뒤를 쫓는다. 이는 소설 속에서 큰 갈등 요소로 작용하며 다양한 인간군상의 투지와 생각을 자세하게 나타내는 데 큰 도움을 주었다. 또한 생생하게 묘사한 선상에서의 생활은 당시의 포경선이 어떻게 운영되었는지, 선원들은 어떻게 살아갔는지를 알 수 있게 하는 좋은 본보기가 되었다. 그래서 『모비 딕』은 많은 작품에 영향을 주었으며 지금도 영화, 연극 등 다양한 분야에서 재해석되어 발표되고 있다.

작가 연보

1819년 8월 1일 무역상이던 아버지 앨런과 어머니 머라
이어의 둘째 아들로 뉴욕 파르 거리 6번지에서
태어남.

1825년 뉴욕 남자 중학교에 입학.

1830년 아버지의 사업이 기울기 시작함. 뉴욕의 가게를
접고 올바니로 이사. 뉴욕 주 올바니 아카데미에
입학.

1832년 거액의 부채로 실의에 빠져 있던 아버지가 별세
함. 학교를 중퇴하고 큰아버지가 중역으로 있던
뉴욕 주립은행에 근무.

1835년 형이 경영하는 모피 상점에 근무하면서 올바니
고전어학교에 다님.

1837년 형의 상점이 파산하여 피츠필드의 초등학교에서

일하기 시작함.

1838년 뉴욕 주 랜싱버그로 어머니와 누이동생들과 함께 이사. 그 지방 학교에서 토목공학을 공부함.

1839년 엘리 운하에 근무코자 했으나 실패. 처음으로 소품 「탁상 단편」을 그 지방 신문에 발표함. 생활이 막다른 곳에 다다르고 실의에 빠졌으나, 한편으로는 항해에 대한 동경심으로 6월에 뉴욕으로 감. 대서양을 항해하는 세인트 로렌스 호에 급사로 승선하여 리버풀로 향함. 가을에 귀국하여 다시 초등학교 교사가 됨.

1840년 학교를 그만두고 중부 및 오대호 지방을 여행함.

1841년 매사추세츠 주 뉴베드포드에서 가까운 페어헤븐에서 포경선 아크슈네트호의 선원으로 바다에 나감.

1842년 18개월 동안 대서양 태평양을 항해한 뒤 6월 경 남태평양 마케사 군도의 누크히바 섬에서 친구와 함께 아크슈네트 호를 탈출하여 1개월 정도 머무름. 그곳에서 보낸 원시적 토인 사이에서의 생활 경험은 나중에 작품 「타이피」의 소재가 됨. 몇 주일 뒤 오스트레일리아 포경선 루시안 호를 탐. 9월, 타히티 섬에서 반란을 일으킨 동료들과 함께 배에서

탈출하고 상륙해서 수용소에 수용되었으나 곧 다
시 탈출해서 방랑함. 그 경험이 뒤의 작품「오무」로
태어남. 모레아 섬에서 매사추세츠 주 낸터킷의 포
경선 찰스 앤드 헨리호에 타고 하와이로 감.

1843년 하와이 군도 가운데의 마우이 섬에서 내려 호놀룰루
로 가서 여러 가지 일을 하며 살던 중, 8월 미국 프리
기트 함 유나이티드 테이츠호의 이등수병이 됨.

1844년 남태평양에서 타히티 등지를 돌아 페루의 카라오,
브라질의 리오를 지나 10월 보스턴에 도착. 이 항
해는 뒤에 작품「화이트 재킷」에 영향을 줌. 그리
고 친구 존 체이스(「빌리 버드」의 모델)와 알게
된 것도 이 항해 중이었음. 제대하여 랜싱버그에
있는 어머니와 누이동생들에게로 돌아와「타이
피」를 쓰기 시작.

1845년 귀국 후 쓰기 시작한「타이피(Typee)」를 완성함.
주영 미국 공사관 서기로 있던 형이 애쓴 끝에 런
던에 있는 존 마레 사(社)와 출판계약 됨.

1846년 『타이피』의 미국어판이 나옴. 호평을 얻어 뉴욕의
문인들과도 알게 됨.

1847년 『오무(Omoo)』를 3월에 런던에서, 5월에 뉴욕에
서 출판하여 호평을 얻음. 8월, 아버지의 친구인

매사추세츠 주의 재판장 레뮤얼 쇼의 딸 엘리자베스와 결혼, 신혼여행 뒤 뉴욕 4번가 1030에 자리를 잡고, 동생 알란부치, 어머니, 누이동생들과 동거.

1849년 장남 마캄 태어남. 태평양을 무대로 한 환상적인 우화소설 『마디(Mardi)』가 런던과 뉴욕에서 각각 출판됐으나 독자를 많이 얻지는 못함. 「화이트 재킷」의 원고를 들고 10월, 런던 방문. 『레드번(Redburn)』이 8월에 런던, 11월에 뉴욕에서 출판됨.

1850년 미국 해군의 프리기트 함에서의 체험을 바탕으로 한 『화이트 재킷(White jacket)』이 런던과 뉴욕에서 출판됨. 매사추세츠 주의 피츠필드에 농장을 사서 애로헤드라 이름 짓고 조용한 전원생활을 시작함. 레녹스에 살고 있던 15년 위인 호손과 처음으로 만나 친교를 맺음. 호손을 오하이오 강변의 셰익스피어라 칭찬한 「호손과 그 이끼(Hawthorne and His mosses)」를 《문학세계》지에 익명으로 발표, 2월경부터 「모비 딕」을 쓰기 시작함.

1851년 7월에 「모비 딕」 완성. 10월, 둘째아들 스탠윅스 태어남. 「모비 딕」이 런던에서 『고래』로, 11월, 뉴욕에서 『모비 딕』으로 출간됨. 극히 소수의 사람으로부터만 인정을 받음.

1852년 근친상간을 주제로 한 장편 『피에르(Pierre)』가
8월에 뉴욕에서 나왔으나 좋은 평을 받지 못함.
장인 쇼와 그 밖의 사람들의 원조로 호놀룰루 영
사 등의 직업을 구하려 했으나 실패함.

1853년 출판사 하퍼의 화재로 멜빌의 저서가 소실됨.
5월, 장녀 엘리자베스 태어남. 단편 걸작 「서기 바
틀비(Bartleby, the Scrivener)」를 《퍼트남》 지에,
「꼬끼오(Cock-A-Doodle-Doo!)」를 《하퍼》 지에
발표.

1854년 갈라파고스 제도를 무대로 한 「마법의 섬(The
Encantadas)」을 《퍼트남》 지에 연재, 《하퍼》 지에
「바이올린 연주자(The Fiddle)」, 「피뢰침 사나이
(The Lightning-Rod Man)」을 발표.

1855년 장편 『이스라엘 포터(Israel potter)』가 뉴욕, 런던
에서 출판됨. 3월, 둘째 딸 프란세스 태어남. 《퍼
트남》 지에 「종루(The Bell-Tower)」를, 《하퍼》 지
에 「베니토 세레노(Benito Cereno)」를 발표.

1856년 이제까지 발표한 단편에 권두소설 「피아차(The
Piazza)」를 더한 중단편집 『피아차 이야기(Piazza
Tales)』가 5월 뉴욕, 6월 런던에서 출판. 「서기 바

틀비」, 「베니토 세레노」, 「마법의 섬」 등이 수록. 10월에 유럽 여행을 떠남. 팔레스티나 여행의 수확으로 시「클라렐」을 씀.

1857년 풍자소설 『사기꾼(The Confidence Man)』을 런던과 뉴욕에서 출판하지만 실패. 이 무렵부터 3년가량 미국 각지에서 강연을 했으나 이 또한 성공하지 못함.

1860년 케이프 혼을 돌아서 샌프란시스코를 여행.

1861년 다시 영사직을 구하러 워싱턴으로 가서 링컨 대통령을 만났으나 실패함. 이때 물심양면으로 그를 돕던 장인 레뮤얼 쇼가 별세함. 남북 전쟁이 시작됨.

1864년 버지니아 주의 남북전쟁 전선을 방문.

1866년 남북전쟁을 내용으로 한『전쟁 시집(Battle Pieces)』출판. 뉴욕 세관의 감독관이 됨.

1867년 장남 마캄이 자기 방에서 권총에 맞은 시체로 발견됨.

1872년 어머니 머라이어 별세. 11월, 보스턴 대화재로 아내의 자산이 전소됨.

1876년 장시집(長詩集)『클라렐(Clarel)』을 출판.

1885년 그동안 근무하던 직장 세관을 사직하고 은거.

1886년 둘째 아들 스탠윅스가 샌프란시스코에서 객사.

1888년 시집 『존 마와 그 밖의 선원들(John Marr and Other Sailors)』을 25부의 한정판으로 출판.

1891년 「빌리버드」 탈고, 시집 『티몰레온(Timoleon)』을 출판. 9월 28일, 뉴욕 자택에서 숨을 거둠.

1924년 『빌리버드』 간행.